海外小説の誘惑

やんごとなき読者

アラン・ベネット

市川恵里＝訳

白水uブックス

ウィンザー城ではその晩、公式晩餐会が開かれた。フランスの大統領が女王陛下の隣に並び、王族がそのうしろに列を作ると、行列はゆっくりと出発して、ウォータールーの間へ入っていった。

「やっとお話できますわね」きらびやかな衣装に身を包んだ大勢の人々のあいだをすべるように進み、右へ左へほほえみをふりまきながら女王は言った。「ずっとおうかがいしたいと思っておりましたのよ。作家のジャン・ジュネについて」

「ほう」大統領は答えた。「なるほど……」

ラ・マルセイエーズと英国国歌が演奏されるあいだ、いったんすべての動きが止まったが、一同が席につくと、女王は大統領のほうを向いてふたたび口を開いた。

「同性愛者でしかも囚人でしたけど、でも本当に評判どおりの悪人でしたの？

というより」女王はスープ用のスプーンを手に取った。「それほどいい作家でしたの？」

禿げ頭の劇作家兼小説家について何の説明も受けていなかった大統領は、きょろきょろと文化大臣の姿を探したが、彼女はカンタベリー大主教から話しかけられている最中だった。

「ジャン・ジュネは」女王は助け船を出すようにフランス語で訊いた。「ご存じかしら《ヴー・ル・コネセ》？」

「もちろんです《ビャン・シュール》」

「興味がありますの《イル・マンテレス》」

「そうなんですか《ヴレマン》？」大統領はスプーンを置いた。長い夜になりそうだった。

もとはといえば犬たちのせいだった。彼らはお高くとまっていて、いつも庭から戻ると、正面の階段を上がり、従僕にドアを開けてもらうのだった。ところがその日は、どういうわけか狂ったように吠えながらテラスを駆けぬけて、ふたたび階段を駆け下りたかと思うと、邸の側壁の突き当たりを曲がって見えなくなり、裏庭のほうで何かにキャンキャン吠えている声が聞こえた。

ウェストミンスター区移動図書館の、引っ越しトラックのような大きな車が、厨房のドアの外にあるゴミ箱の脇に停まっていた。宮殿のこのあたりは女王があまり足を踏み入れたことのない場所で、移動図書館がここに停まっているのを見るのも初めてだった。おそらく犬たちもそうだったのだろう、けたたましく吠えつづけ、落ちつかせようとしてもいっこうに言うことを聞かない。女王は騒音の詫びを言うために車のステップを上がった。

運転手は背を向けてすわったまま本にラベルを貼っており、利用者と思われるのはただひとり、やせた体に白いつなぎを着て、通路にしゃがみこんで本を読んでいる赤毛の少年だけだった。二人とも彼女が来たのにまったく気づいていなかったので、女王は咳払いをして言った。「やかましくてごめんなさいね」とっさに立ち上がった運転手は参考図書コーナーに激しく頭をぶつけ、少年はあわてて立ち上がろうとして写真とファッションの棚の本をひっくり返した。

女王はドアから首を突き出した。「いいかげんお黙りなさい、ばかね」狙いどおり、この隙に運転手兼司書は気をとりなおし、少年は落ちた本を拾った。

「お会いするのは初めてね、ミスター……」

「ハッチングズです、陛下。毎週水曜日にうかがっております」

「そうなの？　知らなかったわ。遠くから？」

「いえ、ウェストミンスターからです」

「それからあなたは……？」

「ノーマンです、陛下。シーキンズといいます」

「どこで働いてるの?」

「厨房です」

「あら。本を読む時間はたくさんある?」

「そんなにありません」

「私もよ。でもここに来たからには一冊借りないとね」

ハッチングズはにっこり笑ってみせた。

「おすすめのものはあるかしら?」

「陛下はどんな本がお好きですか」

女王は躊躇《ちゅうちょ》した。実を言うと、何が好きなのか自分でもよくわからなかったからだ。昔から読書にはあまり興味がなかった。もちろん人並みに読んではきたが、本を好むなどということは他の人にまかせてきた。それは趣味の範疇《はんちゅう》であり、趣味をもつのは彼女の仕事の性質にふさわしくなかった。ジョギング、薔薇《ばら》の栽培、チェス、ロッククライミング、ケーキ・デコレーション、模型飛行機。すべてだめ。趣味とは特定のものを好むことにつながるが、えこひいきは避けなければならない。えこひいきは人を排除することになる。女王は好みというものをもたなかった。彼女の仕事は興味をもつことであって、みずから何かに熱中することではなかった。それに読書は行動ではない。彼女は行動派の人間だった。そこで女王は本がずらりと並んだ車内を見てまわり、時間を稼いだ。「本を借りてもいいのかしら？　券を持っていないけど？」

「大丈夫です」とハッチングズ。

「私は年金暮らしなのよ」と女王は言ったが、別にそう言えばどうにかなると思ったわけではなかった。

「六冊までお借りになれます」

「六冊も？　まあ！」

その間に赤毛の若者は借りる本を選び、スタンプを押してもらうために司書に渡していた。まだ時間を稼ごうとして、女王はその本を手にとった。

「ミスター・シーキンズは何を選んだの？」自分でも何を期待していたのかはっ

きりしなかったが、それは彼女が期待したものとは違っていた。「あら、セシル・ビートン。彼のこと知ってるの？」

「いえ」

「そう、そうよね。あなたはまだ若すぎるもの。彼はよくここに来て、せっせと写真を撮っていたのよ。ちょっと気むずかしいところもあったけど。こっちに立って、あっちに立てって言いながらパチパチ撮ってたわ。じゃあ彼についての本が出たのね」

「数冊あります」

「そうなの？　みんないつかは本に書かれることになるのね」

彼女はページをぱらぱらめくった。「たぶんどこかに私の写真があるはずよ。ああ、これこれ。そうそう、この人、単なる写真家じゃなくて、デザインもしていたのよね。『オクラホマ』か何か」

「『マイ・フェア・レディ』だと思います」

「あら、そうだった？」女王は反論されることに慣れていなかった。

「あなた、どこで働いてるって言ってた?」彼女は少年の赤く荒れた大きな手に本を返した。

「厨房です」

まだ問題は解決していなかった。一冊も借りないで帰ったら、ミスター・ハッチングズはこの図書館に何か欠けた点があるように思うだろう。だいぶすりきれた本が並ぶ棚の上に見覚えのある名前が見えた。「アイヴィ・コンプトン゠バーネット!これなら読めるわ」女王はその本を取り出し、ミスター・ハッチングズに渡してスタンプを押してもらった。

「ああうれしい!」さして熱意のない様子で本を抱きしめてから、中を開いた。

「あら、最後に貸し出されたのは一九八九年なのね」

「人気のある作家ではありませんからね」

「どうしてかしら。デイムの称号をあげたのに」

ミスター・ハッチングズは、勲章をもらったからといって大衆の人気が高まるわけではないと言いたいのをこらえた。

女王はカバーの裏にある作家の写真を見た。「そう、この髪型憶えてるわ。パイの皮みたいに巻いた髪が頭をぐるりと取り巻いていたわね」そう言ってにっこりほほえみ、ミスター・ハッチングズは今回の訪問はこれで終わりだとわかった。「さようなら」

彼は以前図書館で、万一このような事態になったらそうしろと言われたようにお辞儀をし、女王はふたたび狂ったように吠えている犬を連れて庭のほうへ向かい、セシル・ビートンの本を抱えたノーマンは、ゴミ箱のそばで煙草を吸いながらぶらぶらしているシェフを迂回して厨房に戻った。

店じまいをし、バンを運転しながら、ミスター・ハッチングズは、アイヴィ・コンプトン゠バーネットの小説は読むのに骨が折れるだろうと思った。彼自身はいつも最初のほうで挫折していた。そもそも女王があの本を借りたのは礼儀にすぎないことは彼にもわかっていたが、それでもありがたかったし、ただの礼儀にとどまらない意味をもっていた。議会が絶えず図書館の予算削減を狙っているなかで、これほど名高い利用者（議会の好む言い方によれば顧客）に目をかけてもらえるのは悪いことではあるまい。

「移動図書館が来るのよ」その晩、女王は夫君のエディンバラ公に向かって言った。「毎週水曜日に来るの」

「そりゃすばらしい。いやはや驚いたね」

「『オクラホマ』は憶えてる?」

「ああ。婚約していた頃にいっしょに見たね」いまでは信じられないが、その頃の彼は颯爽《さっそう》たる金髪の若者だった。

「あれ、セシル・ビートンだった?」女王が訊いた。

「わからないなあ。あいつは好きじゃなかったな。緑の靴なんか履いて」

「いい匂いがしたわ」

「それは?」

「本よ。借りたの」

「死んだんじゃないか」

「だれが?」

「ビートンのやつだよ」

「もちろんよ。みんな死んだわ」

「でもいいショーだった」

公爵は「オー・ホワット・ア・ビューティフル・モーニング」と歌いながら浮かない顔でベッドへ向かい、女王は本を開いた。

翌週、女王は借りた本を女官に託して返してもらうつもりだったが、個人秘書につかまり、今後の予定について必要以上にこまごまと検討させられてうんざりしたため、道路調査研究所の視察に関する話を打ち切って、今日は水曜日だから移動図書館に本を借りに行かなくてはならないと宣言した。個人秘書のサー・ケヴィン・スキャチャードは、くそ真面目ではあるが前途有望なニュージーランド人である。彼は書類を片づけながら、備えつけの自分の図書室がいくつもあるのに、移動図書館などに何の用があるのだろうと訝《いぶか》った。

今度は犬がいなかったのでこの前より静かだった。もっとも、本を借りに来ているのはやはりノーマンひとりだった。

「いかがでしたか」ミスター・ハッチングズが訊いた。

「デイム・アイヴィ？　ちょっと退屈ね。それに登場人物の話し方がみんな同じ調子なの。気がついたかしら？」

「実を言うと、数ページしか読んだことがないんです。陛下はどこまでお読みになったのですか」

「あら、最後までよ。いったん読みだした本は最後まで読むの。そういうふうに育てられたのよ。本も、バターをつけたパンも、マッシュポテトも――お皿の上にあるものは最後まで食べる。昔からそういう主義なのよ」

「実は返していただく必要はなかったんですよ。図書館ではダウンサイジングを進めておりまして、ここにある本は全部ただなんです」

「これを持っていてもいいっていうこと？」女王は本を抱きしめた。「来てよかったわ。こんにちは、ミスター・シーキンズ。またセシル・ビートン？」

ノーマンは眺めていた本を彼女に見せた。今回は画家のデイヴィッド・ホックニーに関する本だった。女王はぱらぱらとめくり、カリフォルニアのプールから出たばかりの若い男のお尻や、乱れたベッドの上に並んで横たわるお尻の絵を眉ひとつ動かさずに見つめた。

「いくつか」女王は言った。「いくつか描きかけのような絵があるわね。これなんて明らかに絵の具がこすれてるし」

「それが彼のスタイルなんだと思います」ノーマンは答えた。「本当はなかなかの素描家なんです」

女王はあらためてノーマンを見た。「あなた厨房で働いてるのよね？」

「そうです」

もう一冊借りようと思っていたわけではないのだが、来た以上は何か借りて帰るほうが楽かもしれないと彼女は考えた。もっとも、本の選択については前と同じくらい悩んだ。本当は本などちっともほしくなかったし、ましてや実に読みづらかったアイヴィ・コンプトン＝バーネットは二度とごめんだった。そんなわけで、今回、彼女の目がふとナンシー・ミットフォードの小説『愛の追跡』の再刊本にとまったのは運がよかった。女王は本を手にとった。「そういえば、彼女の妹はモズリーと結婚したのよね？」〔O・モズリーは戦前に英国ファシスト同盟を結成した政治家〕

そうだと思うとミスター・ハッチングズは答えた。

「別の妹の義理の母親は王室女官長だったわね」

「それは存じあげませんが」

「それからもちろん、ヒトラーと関係をもった例の呆れた妹もいたわね。コミュニストになった妹もいたし、ほかにもうひとりいたはずよ。でもあのナンシーなのね？」

「そうです」

「よかった」

これほど強力なコネに恵まれた小説はめったにないので、女王は安心し、自信をもって本をミスター・ハッチングズに渡してスタンプを押してもらった。

『愛の追跡』を選んだのは幸運であり、きわめて重要な決定であったことが明らかになった。陛下が今度もまたつまらない本を、たとえば初期のジョージ・エリオットや後期のヘンリー・ジェイムズなどを選んだりしたら、彼女のような新米の読者は、すっかり読書がいやになり、話はそこで終わりだったかもしれない。本を読むのは骨が折れると思いこんでしまっただろう。

しかし、この本にはすぐに夢中になり、その夜、湯たんぽを抱えて女王の寝室の前を通りかかった公爵は彼女の笑い声を聞いた。彼はドアから首を突っこんで訊いた。「大丈夫?」

「もちろんよ。本を読んでるの」

「またかい?」公爵は首を振り振り立ち去った。

翌朝、女王は鼻を少しぐすぐすさせ、特に人と会う約束もなかったため、インフルエンザかもしれないと言ってベッドから出てこなかった。これは異例のことであり、しかも本当の病気ではなく、実は本の続きを読むための口実だった。

「女王は風邪気味である」と国民には発表された。この時点では国民も女王自身も知るよしもないことだったが、これを皮切りとして、読書のためにたびたび予定の調整が——時には大がかりな調整が必要とされることになった。

次の日、女王はいつものように個人秘書と打ち合わせをした。この日の議題のひとつは、今どきの言い方によれば「人的資源」の問題だった。

「前は『職員』と言っていたわ」女王はそう言ったが、それは事実ではない。「召使い」と言っていたのだ。反発を買うのは承知の上で、それも口にしてみた。

「それは誤解を招きかねない言い方ですね」サー・ケヴィンは言った。「つねに世間の怒りを買わないようにするのが肝心です。『召使い』は誤ったメッセージを送ります」

「『人的資源』だって何のメッセージも送らないわ。少なくとも私にはね。でも人的資源というなら、いま厨房で働いている人的資源の中で、ひとり昇進させたい者が――少なくとも上に上げたい者がいるのよ」

サー・ケヴィンはシーキンズのことなど聞いたこともなかったが、下っ端に聞きまわってようやくノーマンを捜し当てた。

「さっぱりわからないわ、そもそも厨房で何をしているのか。どう見ても相当に知性のある若者なのよ」

「見た目がかわいいとはいえないな」と侍従は言った（もちろん陛下にではなく、個人秘書に言ったのである）。「やせっぽちで、赤毛で。優しいところもある」

「陛下はお気に入りのようだ」サー・ケヴィンは答えた。「同じフロアにおきたいとお考えだ」

こうしてノーマンは皿洗いから解放され、小姓の制服に（やっとのことで）押しこめられて、女王に直接仕えることになった。最初の仕事のひとつは、案の定、図書館に関するものだった。

次の水曜日は（ナニートンの町に体操を見に行くので）時間がとれないため、女王はナンシー・ミットフォードの本を返すようにとノーマンに渡し、続編があるようだからそれも読みたいし、ほかにも彼女が好きそうな本があれば借りてきてほしいと伝えた。

ノーマンはこの指示を聞いて不安になった。すでにたくさんの本を読んでいたとはいえ、ほとんど独学だし、もっぱら著者がゲイかどうかという基準で本を選ぶ傾向があったからだ。これはかなり広範囲にわたるものだったが、狭いといえばいささか狭い面もあった。とりわけ他人のために本を選ぶ際には少々問題があったし、相手が女王ならなおさらだった。

ミスター・ハッチングズもたいして助けにならなかったが、犬の本なら陛下も興味をもたれるのではないかと彼が言うのを聞いて、ノーマンは条件にぴったりの本を読んだことがあるのを思い出した。J・R・アッカリーの小説『愛犬チューリップと共に』である。ミスター・ハッチングズは疑わしげに、それはゲイの本じゃないかと指摘した。

「そう?」ノーマンは素知らぬ顔で答えた。「気がつかなかったな。陛下は単なる犬の本だと思うんじゃないかな」

ノーマンは頼まれた本を女王のいるフロアに持って行き、できるだけ姿を見せないよう言われていたこともあって、公爵が通りかかったときにはブール象嵌の戸棚の陰に隠れた。

「今日の午後、変なものを見た」殿下はあとで報告した。「赤毛のやせっぽちが突っ立っていたよ」

「それはノーマンよ」女王は答えた。「移動図書館で会ったの。前は厨房で働いていたのよ」

「そうだろうね」公爵は言った。

「とっても頭がいいのよ」

「きっとそうなんだろうね。そんなふうに見えたよ」

「チューリップなんて、犬としては変な名前ね」女王はその後ノーマンに言った。

「フィクションということになっていますが、作者は実際に犬を、シェパードを一頭飼っていました」（その犬の名がクィーニーであることは黙っていた）。「だから実態は小説に見せかけた自伝なんです」

「あらそう。でもどうしてそんな見せかけが必要なの？」

読めばわかるとノーマンは思ったが、口には出さなかった。

「彼の友だちはみんな犬が好きじゃなかったんです」

「その気持ち、よくわかるわ」と女王が言うと、ノーマンはもっともらしい顔でうなずいた。王室の犬たちは概して不人気である。女王の顔にほほえみがうかんだ。この子はなんという拾い物だろう。自分の前では怖じ気づいて自然にふるまえない使用人が多いことを女王はよく知っていた。ノーマンは変わっているけれど、いつも自然体で、本来の自分以外のものにはなりえないかのようだった。これは非常にまれなことだった。

だが、ノーマンが女王を恐れないのは、彼女があまりにも年をとりすぎているように思われて、そのせいで女王の威厳というものがまるで感じられないせいだと知ったら、陛下もいい気持ちはしなかったろう。身分は女王かもしれないが、ひとりの老婦人でもあり、ノーマンの最初の職場はタインサイドの老人ホームだったので、老婦人はちっとも怖くなかったのである。ノーマンにとって彼女は雇い主だが、高齢ゆえに女王であると同時に患者に近く、どちらにしてもうまく機嫌をとる必要がある存在だった。もっともそれは、陛下がいかに明敏で、その能力がいかに生かされていないかに彼が気づくまでの話である。

女王はきわめて旧弊なところがあったので、読書を始めてから、せめて少しは読書専用の場所で、すなわち宮殿の図書室で読むべきではないかと考えた。しかし、確かにそこは図書室と呼ばれており、本がずらりと並んではいたが、そこで本が読まれることはめったになかった。この部屋で最後通告が出され、線が引かれ、祈禱書が編纂され、結婚が決められてきたけれども、ソファに丸くなって本を読みたいなら、図書室はそれに適した場所ではない。第一、読むものを手に入れることすら容易ではない。「開架式」の書棚に並んだ本は、錠つきの金色の格子のうしろにあって手が届かない。至極貴重な書物も多く、それもまた読む気をそぐ。読書をするならそれ専用の場所ではないほうがいい。女王はこれは教訓になるかもしれないと考え、上の階に戻っていった。

ナンシー・ミットフォードの小説の続編『寒い国の恋愛』を読み終えた女王は、ミットフォードの本がほかにもあるのを知ってうれしくなり、なかには伝記も混じっているようだったが、（最近つくりはじめた）読みたい本のリストに書き入れ、机の中にしまった。その一方でノーマンが選んだJ・R・アッカリーの『愛犬チューリップと共に』に取りかかった（この作家には会ったことがあるだろうか？　確かないはずだ）。ノーマンが言っていたように、出てくる犬が彼女の犬よりさらに手に負えず、同じくらい嫌われているというそれだけの理由かもしれないが、女王はこの本を面白く読んだ。アッカリーの自伝があるのを知って、ロンドン図書館までノーマンに借りに行かせた。ロンドン図書館の後援者でありながら、彼女はめったに館内に足を踏み入れたことがなく、もちろんノーマンも同じだったが、彼は図書館の古風な趣にすっかり驚き、興奮して帰ってきた。あんな図書館は本の中でしか見たことがない、完全に過去のものだと思っていたと言う。これだけの本を全部自分が（というより女王が）自由に借りられるということにひたすら驚きながら、迷路のような書架のあいだをさまよっていた。ノーマンの興奮につられて、女王も今度はいっしょに行ってみようかしらと思った。

アッカリーの自叙伝を読んだ女王は、彼が同性愛者で、ＢＢＣで働いていたことを知っても驚かなかったが、淋しい生涯を送った人だとも思った。彼の犬には興味をそそられたが、まるで獣医のように犬の体を知り尽くし、べたべた甘やかす彼の態度にはとまどった。近衛兵が、この本に書かれているほど簡単に、しかも手頃な値で手に入るらしいことにも驚いた。できればもっと詳しく知りたいところだが、近衛連隊に所属する侍従がいるとはいえ、じかに訊くわけにもいかなかった。

アッカリーの本の中にＥ・Ｍ・フォースターが出てきた。女王は名誉勲位を授与する際に彼に会い、気まずい三十分を過ごしたことがあるのを憶えていた。ネズミのように臆病で、内気で、ろくにしゃべらず、しかも蚊の鳴くような声なので、ほとんど意思の疎通ができなかった。だが実は、見かけによらずなかなかの偉才だった。『不思議の国のアリス』から抜け出てきたかのように両手をぎゅっと握りしめてすわっていたときには、何を考えているかさっぱりわからなかったので、フォースターの伝記を読んで、彼がのちに、女王が少年だったら恋に落ちていただろうと語っていたのを知って、うれしい驚きを感じた。

もちろん面と向かってそんなことを言えるはずがないのはわかっていたが、読めば読むほど、自分が人々を怖じ気づかせてしまうのが残念でならず、とりわけ作家にはあとで書き記すことを勇気をもって口に出してほしいと思わずにいられなかった。ほかにもわかってきたことがある。一冊の本は別の本へとつながり、次々に扉が開かれてゆくのに、読みたいだけ本を読むには時間が足りないことである。

多くの機会を逃してきたのを後悔する気持ちもあった。子どもの頃メイスフィールドとウォルター・デ・ラ・メアに会ったが、たいした話ができるはずもなかった。T・S・エリオットにも会ったし、プリーストリーやフィリップ・ラーキン、テッド・ヒューズにまで会い、ヒューズのことはちょっと好きになったのだが、彼のほうは女王を前にして途方に暮れるばかりだった。当時は彼らの書いたものをほとんど読まなかったから、話すことがなく、もちろん彼らのほうでもたいして面白いことは言わなかったのだ。なんてもったいない。

それをサー・ケヴィンに言ったのが間違いだった。

「でも事前に説明があったはずですが？」

「もちろんよ。でも人から説明を受けるのは自分で読むのとは違うわ。むしろ正反対ね。説明では要点となる事実を簡潔に述べるだけ。読書はとりとめがなくて、あちこちに話が飛んで、たえず人の心をそそる。説明が主題をしめくくるものだとすれば、読書は開くものなのよ」

「靴工場の視察の話に戻ってもよろしいですか」サー・ケヴィンは訊いた。

「またにしましょう」女王はそっけなく言った。「私の本をどこに置いたかしら？」

読書の喜びに目覚めた女王は、しきりにその喜びを人にも伝えようとした。

「何か読んでる？　サマーズ」女王はノーサンプトンに向かう車内でお抱え運転手に訊いた。

「読む？」

「本をね」

「機会があれば読みますけどね。どうも時間がなくて」

「みんなそう言うのよね。時間をつくらなければだめよ。たとえば今朝だって、市庁舎の外で私を待っているあいだに読めるじゃないの」

「車を見張ってなきゃなりませんからね。ここは中部地方ですよ。そこらじゅうで物が壊されてる」

陛下を無事、州統監の手にゆだねると、サマーズは警戒のために車のまわりを一周してから、運転席に落ちついた。読む？　もちろん読んでるとも。だれだって読んでるさ。サマーズはダッシュボードの小物入れを開け、大衆紙『サン』を取り出した。

彼女の意見に賛成する者もおり、特にノーマンはそうだった。女王は彼に対しては、読者としての自分の欠点や、文化的な業績が何ひとつないことも隠そうとしなかった。

「私が本当に得意な分野は何か知ってる？」ある日の午後、書斎でいっしょに本を読んでいたときに女王が尋ねた。

「いいえ、何ですか」

「パブのクイズ大会よ。世界中至るところに行って、あらゆるものを見てきたから、まあポップ・ミュージックと一部のスポーツは苦手かもしれないけど、たとえばジンバブエの首都はどこかとか、ニューサウスウェールズ州の主な輸出品は何かとか、そういう質問にはみんな即座に答えられるのよ」

「じゃあ僕はポップスのところをやります」

「そうね。私たちはいいチームになるわね。そうだわ。歩まざる道ね。だれだったかしら?」

「だれというと?」

「歩まざる道。調べてちょうだい」

ノーマンが引用句辞典をひくと、ロバート・フロストの詩の一節であることがわかった。

「あなたにぴったりの言葉があるわ」女王が言った。

「何ですか?」

「お使いに行って、私のために図書館で本を取り替えて、よくわからない言葉を辞書で調べて、引用句を見つけてくれる。こういう役目を何ていうか知ってる?」

「前は下働きでしたが」

「そうね、いまはもう下働きじゃない。私の書記よ」

ノーマンはいつも女王の机の上にある辞書で書記という言葉を調べた。「口述筆記をおこない、手書き原稿を書き写す者。文書の作成を手伝う者」とあった。

新任の書記は女王の執務室に近い廊下に自分の椅子をもち、呼び出しに備えて待機していないときやお使いに行っていないときは、ここで本を読んで過ごした。だがそのせいで、器量よしでもないくせに楽な仕事をしていると思われて、他の小姓たちからねたまれることにもなった。時おり、通りがかりの侍従が足を止め、本なんか読むよりほかにすることはないのかと言うたびに、答えに詰まっていたノーマンだったが、この頃は、陛下のために読んでいるのだと答えるようになった。おおむねそのとおりだったし、侍従をいらだたせて追い払ううえでも効果的だった。

ますます読書にのめりこんでゆくにつれ、女王は自分の図書室も含め、さまざまな図書館から本を借りるようになったが、心情的な理由から、またミスター・ハッチングズが好きだったこともあり、なおも時たま厨房の前の裏庭まで歩いて移動図書館に通っていた。

ところが、ある水曜の午後に行ってみると、移動図書館の車が見あたらず、翌週もやはり来なかった。ノーマンがただちに調査にとりかかったところ、総合的な経費削減のために宮殿への訪問は打ち切りになったという回答が返ってきた。それにもめげず、ノーマンは移動図書館を追ってついにピムリコ地区にたどりついた。校庭に停まっていた移動図書館の車内では、ミスター・ハッチングズが相変わらず運転席でがんばっており、本にラベルを貼っていた。彼の話によれば、図書館の出張サービス部門に女王も利用者のひとりであることを訴えたのだが、議会には通じなかったそうだ。議会側が訪問を打ち切る前に宮殿に問い合わせたら、その件には何の関心もないという答えが返ってきたという。

憤慨したノーマンからこの話を聞いても、女王は驚かなかった。ノーマンには黙っていたが、うすうす感じていたことがこれではっきりした。要するに、王室周辺では、読書は、少なくとも女王の読書は歓迎されないのである。

移動図書館を失ったのはいささか残念だったが、ひとついい結果をもたらした。ミスター・ハッチングズが次の褒賞者リストに載ることになったのである。ごく低いランクの栄誉ではあったが、陛下のために個人的に特別な働きをした人々の中に数えられた。これをよく思わない者も少なからずおり、特にサー・ケヴィンは面白くなかった。

サー・ケヴィン・スキャチャードはニュージーランド出身ということもあって、個人秘書に任命されたときにはちょっとした新機軸のようなものだったから、必然的にマスコミからは、改革に熱心な新任者として、また、君主制につきものの過剰な敬意や仰々しい儀式などを多少なりとも一掃してくれる若手として歓迎された。そこでは王室は、ディケンズの『大いなる遺産』に登場する、若い頃婚約者から捨てられた老婦人ミス・ハヴィシャムの結婚式の祝宴のように——蜘蛛《くも》の巣で覆われたシャンデリア、ネズミに荒らされたケーキといった黴《かび》くさいもののように描かれ、一方、サー・ケヴィンはぼろぼろのカーテンを引きちぎって光を入れるミスター・ピップのように描かれた。かつてみずからも若くして即位して新風を吹きこんだ女王は、こうした見通しには懐疑的で、地球の反対側から吹いてきたこの新風は、いずれは吹き飛ばされてしまうのではないかと思っていた。個人秘書は首相と同じように次々に入れ替わるものであり、やがては企業の重役になるのが確実なサー・ケヴィンにとって、自分はそのための踏み台にすぎないのだろうと女王は感じていた。ハーヴァード・ビジネス・スクールを出た彼が公言する目標（彼のいわゆる「決意表明」）のひとつは、王制をより近づきやすいものにすることだった。バッキンガム宮殿を訪問者に開放するのはその一歩であり、宮殿の庭園を時おりポップ・ミュージックやその他のコンサートに利用するのもそうだった。だが女王の読書は彼を不安にさせた。

「読書は必ずしもエリート主義というわけではありませんが、間違ったメッセージを送るような気がします。読書はともすると人を排除するものですから」

「排除?　だってほとんどの人は本が読めるでしょう?」

「それは読めますが、実際に読んでいるかどうかあやしいものです」

「サー・ケヴィン、それなら私がいい手本になれるわね」

そう言ってにっこり笑った女王は、近頃のサー・ケヴィンが就任当初よりはるかにニュージーランド人らしくなっていることに気づいた。ニュージーランド訛りはもはやかすかに感じられる程度になっていた。彼が故国のアクセントを気にしていて、人から指摘されるのを嫌っていることを陛下は知っていた(ノーマンから聞いたのだ)。

もうひとつやっかいな問題は彼の名前だった。個人秘書は自分の名前のことで悩んでいた。ケヴィンという野暮ったい名は自分なら選ばなかったものだし、嫌っているだけになおさら、女王がその名を口にする回数が気になった。もっとも、彼がそれをどれほど屈辱と感じているか、女王はほとんど気づかなかっただろう。

実は女王にはサー・ケヴィンの気持ちがすっかりわかっていたのだが（またもやノーマンから聞いたのである）、彼女にとってあらゆる人の名前は、ほかのすべてのもの、たとえば着ている服や声、階級などと同様に、取るに足らないものだった。女王はひょっとするとこの国で唯一の、真の民主主義者だった。

だが、サー・ケヴィンには、女王が彼の名を必要以上に頻繁に呼ぶように思え、しかもその言い方がニュージーランドを――のどかな羊の国、イギリス連邦の元首として何度も訪れたことがあり、大好きだと主張しているあの国をほのめかしているように思えてならないことがままあった。

「陛下が注意をそらさないことが重要なのです」サー・ケヴィンは言った。

「サー・ケヴィン、『注意をそらさない』というのは、ボールから目を離すなという意味ね。でも私は五十年以上もボールから目を離さないできたんだから、たまにはフィールドの端に目をやってもいいんじゃないかと最近思うのよ」自分でもこの比喩はややずれているような気がしたが、サー・ケヴィンは気がつかなかった。

「陛下にも暇つぶしが必要なのはわかります」

「暇つぶし?」女王は聞き返した。「本は暇つぶしなんかじゃないわ。別の人生、別の世界を知るためのものよ。サー・ケヴィン、暇つぶしがしたいどころか、もっと暇がほしいくらいよ。暇つぶしするつもりならニュージーランドに行くわ」

二回も名前を呼ばれ、ニュージーランドのことまで言われたため、サー・ケヴィンは傷ついて引き下がった。だが言うべきことははっきり伝えたし、そのせいで女王が思い悩むことになったのを知れば満足しただろう。なぜいまになって突然本に惹かれたのだろう、この欲求はどこから来たのだろう、と女王は自問した。

なにしろ女王ほど広く世界を見てまわった人はそういない。訪れたことのない国はほとんどなく、著名人にはあらかた会ったことがある。彼女自身が綺羅星のごとき世界的名士のひとりであるのに、なぜいまになって本に——結局のところ、世界の反映、もしくは世界についての説明にすぎないものに——興味をそそられたのだろう? 本などに? 本物を見てきたのに。

「私が本を読むのは、世間の人々のことを知る義務があるからじゃないかと思うの」女王はノーマンに言った。言い古された言葉なのでノーマンはたいして気に留めなかった。彼自身はそのような義務感などまったく感じなかったし、啓発のためではなく純粋に楽しみのために読んでいた。楽しみの中には何かを知る喜びも含まれることはわかるが、それは義務とは関係なかった。

しかし、女王のような生い立ちの者にとって、義務はつねに喜びに先立つものだった。読むのは義務だと感じられれば、気がとがめることなく、喜びをもって（この喜びは付随的なものであるとしても）取り組める。だが、どうして読書に取り憑《つ》かれたのだろう？　この問題についてはノーマンとも話しあわなかった。これは彼女の身分と立場に関わる問題であるような気がしたからだ。

読書の魅力とは、分け隔てをしない点にあるのではないかと女王は考えた。文学にはどこか高尚なところがある。本は読者がだれであるかも、人がそれを読むかどうかも気にしない。すべての読者は、彼女も含めて平等である。文学とはひとつの共和国なのだと女王は思った。文学の共和国という言葉が、卒業式で、名誉学位などを授与する際に使われるのを耳にしたこともあったが、どういう意味か本当にはわかっていなかった。そのときは、いかなる種類のものであれ共和国について話すのはいささか無礼なことだと思ったし、彼女のいる前で口にするのは、控えめにいっても無神経だと感じた。いまになってようやくあの言葉の意味がわかった。本は何者にも服従しない。すべての読者は平等である。彼女が幼い頃のことを思い出したのはそのためだ。子どもの頃、ヨーロッパ戦勝記念日の夜に、妹と二人で門からそっと抜け出して、だれからも気づかれずに人混みにまぎれたとき、めったにないほどの興奮を感じた。読書にはあの経験に少し似たところがある。それは無名の人間になれる経験、人々と共有できるもの、共同のものだ。ふつうの人と異なる生活を送ってきた女王は、いま自分がそうしたものを渇望していることを知った。本のページの中に入れば、彼女はだれからも気づかれない存在になれる。

しかし、こうした疑いや自問は始まりにすぎなかった。読書が波に乗ってくると、本を読みたいという欲求はもはや奇妙でも何でもなくなり、ごく慎重に始めた読書という習慣が、しだいになくてはならないものになってきた。

女王が果たしつづけている責務のひとつに議会の開会があるが、以前はこれを負担に感じたことは一度もなく、それどころかむしろ楽しんできた。晴れやかな秋の朝、宮殿前の大通りを馬車で通ってゆく楽しさは、五十年たってもやはり格別だった。だが、もはやそうは思えない。全部終わるまで二時間もかかると思うとげんなりしたが、幸い無蓋の馬車ではなく大型四輪馬車なので本を持って行くことができる。女王は本を読みながら手を振るのがとても上手になった。本を馬車の窓より下に置き、沿道の群衆ではなく本に集中するのがコツである。公爵はもちろん苦々しい顔をしていたが、ありがたいことにこのやり方でうまくいった。

すべては順調だったが、宮殿の前庭で行列を組み、女王が馬車に乗りこんで出発の準備が整ったところで、彼女は眼鏡をかけ、本を忘れたのに気づいた。公爵で憤慨し、御者はそわそわし、馬たちは身じろぎして馬具を鳴らし、ノーマンの携帯電話が鳴った。近衛兵は休めの姿勢で立ち、行列はその場で待っていた。担当の将校は腕時計を見た。二分遅れだ。時間に遅れるのを陛下がどれほど嫌っているか、よく知っている彼は、本のことなどつゆ知らず、この不手際が必然的に招く結果を心配した。そこへノーマンが賢明にも本をショールに隠し、砂利の上を走ってきたので、一行は出発した。

不機嫌な女王夫妻はかなりのスピードで広い並木道を運ばれてゆく。二分の遅れを取り戻すためである。公爵は自分の側から猛烈に手を振り、女王は反対側から気のない様子で手を振っていた。

国会議事堂に到着すると、女王は問題となった本を帰りにも読めるようにと馬車のクッションのうしろに押しこんだ。玉座について施政方針演説を始める際には、自分がこれから読みあげなければならない駄文がおそろしく退屈なことと、事実上これが国民に向かって朗読する唯一の機会であることを意識していた。「わが政府はこれをする……わが政府はあれをする」あまりにひどい悪文で、格調もなければ面白みのかけらもなく、朗読という行為自体をおとしめるものであるような気がした。おまけに女王自身も数分の遅れを取り戻そうとしたため、今年は例年よりいっそう聞きとりづらい朗読になった。

馬車に戻ってほっとし、クッションのうしろに手を伸ばしたが、あるはずの本がない。ごとごとと走ってゆく馬車の中から絶え間なく手を振りつづけながら、女王はひそかに他のクッションのうしろも探った。

「あなた、上にすわってない？」

「何の上に？」

「私の本」

「いや、すわってない。在郷軍人会の人たちが来てるぞ、車いすの人たちも。頼むから手を振ってくれ」

宮殿に着き、グラントという若い従僕に訊いてみたら、女王が上院にいるあいだに爆発物探知犬がかぎまわり、警備の者が本を押収したのだという。おそらくもう爆破されただろう。

「爆破？　あれはアニタ・ブルックナーの小説よ」女王は言った。

若者は見るからに無礼な態度で、爆発物だと思ったのかもしれませんと言った。

「そうね。まさにそのとおりよ。本は想像力の起爆装置ですもの」

従僕は答えた。「そうですね」

まるで自分の祖母に向かって話しているかのような口調だった。女王はあらためて、自分の読書に対する風当たりの強さに気づかされ、不愉快な気分になった。

「わかりました。それなら警備の人に同じ本を見つけてくるように伝えてちょうだい。念入りに調べて爆弾がついてない本を明日の朝までに私の机に届けておくように。それからもうひとつ。馬車のクッションが汚れてるわよ。この手袋を見てちょうだい」陛下はそう言って立ち去った。

「くそっ」従僕は膝丈のズボンの前から本を引っぱり出した。そこに隠しておくように言われていたのである。しかし、だれもが驚いたことに、行列の遅れに関しては、公式には何のおとがめもなかった。

女王の読書が嫌われるのは邸内に限らなかった。以前は散歩に出れば、犬たちは庭で騒々しく好き勝手に走りまわったものなのに、この頃は、邸から見えないところまで来ると、陛下はすぐに手近な椅子に深々と腰をおろして本を取り出すのだった。たまに犬のほうに穴あきビスケットを投げてやるものの、ボール遊びも、投げた枝を取ってこさせる遊びもしなくなり、かつては散歩をにぎやかにしていた興奮した犬たちの合唱もなくなった。犬たちは甘やかされていて怒りっぽかったが、頭が悪いわけではない。間もなく自分たちの楽しみをそぐ（そぎつづける）元凶として本を憎むようになったのは驚くにあたらなかった。

陛下が絨毯の上に本を落とすようなことでもあれば、そばにいた犬がたちまち本に飛びかかり、くわえて振りまわしてよだれで汚し、宮殿内のはるか離れた場所や、どこか心ゆくまで本をばらばらにできそうな場所まで持って行く。ジェイムズ・テイト・ブラック記念賞を受賞したイアン・マキューアンの本もこうした運命をたどり、A・S・バイアットの本さえ例外ではなかった。ロンドン図書館の後援者でありながら、女王は借りた本をまたなくしたことを、貸出期限延長担当の係員にたびたび電話で詫びるはめになった。

犬たちはノーマンのことも嫌っていた。この若者が女王の文学熱に一役買っているかぎりは、サー・ケヴィンもまたノーマンが好きになれなかった。ノーマンが絶えず女王のそばにいるのも癪《しゃく》に障った。サー・ケヴィンが女王と話しているときにノーマンが同じ部屋にいることはなかったものの、つねに呼べば聞こえるところに待機していた。

二週間後に控えたウェールズ訪問について話しあっていたときのことだった。現地での予定（スーパートラム乗車、ウクレレ・コンサート、チーズ工場の視察）についての説明されている最中に、陛下はいきなり席を立ち、ドアに向かった。

「ノーマン」

ノーマンが椅子を軋らせて立ち上がる音がした。

「近々ウェールズに行くのよ」

「ついてないですね」

女王はサー・ケヴィンの仏頂面に笑顔を向けた。

「ノーマンはほんとに小憎らしい口をきくのよ。私たち、ディラン・トマスを読んだことがあったわよね。それからジョン・クーパー・ポウイスも何冊か。ジャン・モリスも読んだわ。ほかにいるかしら？」

「キルヴァートはどうでしょう」ノーマンは言った。

「どんな人？」

「牧師です。十九世紀の。ウェールズとの国境地帯に住んでいて、日記を書き残しました。小さな女の子が大好きでした」

「ああ、ルイス・キャロルみたいね」

「もっとひどかったんです」

「あらあら。日記は手に入るの？」

「リストに加えておきます」

陛下はドアを閉め、机に戻ってきた。「ほら、ちゃんと予習もしているのよ。サー・ケヴィン」

キルヴァートの名前など聞いたこともないサー・ケヴィンは何とも思わなかった。「チーズ工場は炭鉱地帯を再開発してできた新しい工業団地にあります。地域全体を活性化させています」

「もちろんそうでしょうけど。でも文学だって関係があることは認めるでしょ」

「私にはわかりかねます」サー・ケヴィンは答えた。「食堂の開店に立ち会っていただくことになっている隣の工場では、コンピューターの部品を製造しています」

「歌があるんじゃないかしら」

「合唱団はあるでしょうね」

「たいていあるのね」

サー・ケヴィンはいやに筋張った顔をしている、と女王は思った。頰の筋肉が発達しているらしく、しかめ面をすると頰の筋肉が波打つ。私が小説家だったら、これは書きとめておく価値があることではないかしら。

「われわれは足並みをそろえる必要があります」

「ウェールズではそうね。確かに。ところでお国から何か知らせは？　羊の毛刈で忙しい？」

「いまはその時期ではありません」

「ああ、外で草を食んでいる頃ね」

女王は今日の面談が終わったことを示す満面の笑みをうかべ、彼がふりむいてお辞儀をしたときにはもう本に戻っており、目も上げずに「サー・ケヴィン」とだけつぶやいて、ページをめくった。

その後、陛下はウェールズ、スコットランド、ランカシャー、西部地方をまわった。君主の宿命である絶え間ない全国巡行の一環だった。どれほどしどろもどろの気まずい対面になろうとも、女王は臣民に会わなければならない。ここで侍従たちの出番となる。

臣民の中には女王を前にすると口がきけなくなる者もいたが、それを避けるために、侍従たちは時に応じて、女王と交わす会話の内容についてちょっとしたヒントを与えた。

「陛下は、遠くから来たのかとお訊きになるでしょう。それに対して答えてから、さらに列車で来たか車で来たか言ってもいいかもしれません。そのあと、どこに車を置いてきたか、ここのほうが道が混んでいるかどうかお尋ねになるかもしれませ

——どちらからおいででしたっけ？　ああ、アンドーヴァーね。陛下は国民生活のあらゆる面に興味をおもちですから、場合によっては、近頃のロンドンは車を停める場所もないという話をおもちされるでしょう。そうしたらベイジングストークでの駐車問題について話すこともできるでしょう」

「アンドーヴァーです。ベイジングストークもひどいですけどね」

「まったくです。でもわかりましたか？　要するに世間話ですよ」

こうした会話は陳腐ではあるかもしれないが、展開が予想でき、何より短いという利点があったから、陛下にはやりとりを早く切り上げる機会がたっぷりあった。対面はスムーズに、スケジュールどおりに進み、女王は相手に興味を抱いているように見え、臣民が途方に暮れることもめったになかった。生涯待ちに待った女王陛下との会話が、高速道路の通行止め状況をめぐる話でしかなくてもたいした問題ではない。彼らは女王に会い、話をし、だれもが時間どおりに立ち去ることができたのだから。

こうしたやりとりがすっかり慣例化していたため、侍従たちはいまやわざわざ見張ることもなく、集まった人々のまわりを親切そうな、それでいてやや見下したような笑顔でうろついていた。そんなわけで、陛下と対面した際に口がきけなくなったり途方に暮れたりする者の割合が増大しているのがだれの目にも明らかになってから、ようやく侍従たちは、何の話をしているのか（あるいはしていないのか）探るために立ち聞きするようになった。

その結果、女王がお付きの者たちに何の断りもなく、長年、いつもしてきた質問――すなわち、勤続年数、どこから来たか、出身地はどこかといった質問を放棄し、新たな質問で会話の口火を切るようになっていたことが判明したのである。「いま何を読んでいますか？」これに即座に答えられる者は、陛下の忠実なる臣民のなかでもごくわずかだった（「聖書？」と言ってみた者もひとりいた）。そこで気まずい沈黙が立ちこめると、女王はしばしばその沈黙を埋めるために「私はこれを読んでいるんですよ」と書名をあげ、時にはハンドバッグのなかを探って、その幸運な本をちらりと見せてくれたりした。当然のことながら、謁見の時間はますます長く、ぎこちないものとなり、うまくできなかったと後悔し、さらには女王に何となくだまされたような感じを抱いて去ってゆく忠良なる臣民の数は増える一方だった。

ピアーズ、トリストラム、ジャイルズ、エルスペスといった女王の忠僕たちは、非番のときに意見交換をした。「何を読んでいるかって、どういう質問だろう。たいていの人は何も読んでないよな。でもそう言おうものなら、陛下はハンドバッグのなかを探して、読み終わったばかりの本を出してプレゼントしてしまうんだ」

「即座にイーベイで売るな」

「きっとそうよ。最近、陛下のご訪問にお供したことある?」女官のひとりが口をはさんだ。「もう噂が広まってるのよ。昔はみんな余った水仙とか黴くさい桜草の花束とかを持ってきて、それがしんがりに控える私たちのところにまわってきたものだけど、この頃はみんな、自分が読んでいる本とか、それどころか執筆中の原稿さえ持ってくるものだから、運悪くお供をしているときはカートが必要なほどなのよ。カートで本を運んでまわりたかったらハチャーズ書店に就職してるわ。陛下はだんだん手に負えなくなってきたんじゃないかしら」

それでも結局、侍従たちは変化に適応し、女王の新たな好みを考慮して、これまでの決まったやり方をしぶしぶ変えた。拝謁前の準備の際には、どれほど遠くから、何に乗って来たのかという従来の質問もあるかもしれないが、最近はいま何を読んでいるか訊かれる可能性が高いということを拝謁者たちにそれとなく伝えるようになった。

　それを聞くとほとんどの者はぽかんとしたが（あわてふためく者もいた）、侍従たちは少しもひるまず、たとえばこういうのはどうかと回答例を列挙してみせた。おかげで女王は、元英国空軍特殊部隊《SAS》の作家アンディ・マクナブの人気がやたらに高く、ジョアンナ・トロロプがほとんど万人に好かれているという印象をもつことになったが、そんなことはどうでもいい。少なくともお互いにばつの悪い思いをせずにすんだのだから。最初の質問に答えることさえできれば、謁見はふたたび軌道に乗り、かつてのようにきっちり時間どおりに終了した。唯一、遅れが生じるとすれば、それはまれにだれかがヴァージニア・ウルフやディケンズを愛読していると告白した場合で、いずれも活発な会話が（しかも延々と）展開されることになった。同じような心のふれあいを望んでハリー・ポッターを読んでいると言う者も多かったが、(ファンタジーが嫌いな)女王はいつも「そう。私はあれは雨の日のためにとってあるのよ」とそっけなく言い、すぐに次の話題に移るのだった。

サー・ケヴィンは毎日のように女王に会っていたため、読書へののめりこみぶりについてしつこく文句を言ったり、別の手を工夫したりすることができた。「陛下の読書をなんとかして計算に入れることができないかと考えていたんですが」かつてなら聞き流していたところだが、近頃の女王は本を読んでいるせいで業界用語のようなものががまんできなくなっていた(もともと許容度は低かったが)。

「計算に入れる? それはどういう意味?」

「ちょっと調べているところなんですが、陛下が英文学のほかにエスニック文学の名作もお読みになっているというプレスリリースが出せれば役に立つでしょう」

「エスニック文学の名作ってどういうのを考えてるの、サー・ケヴィン? 『カーマスートラ』?」

個人秘書はため息をついた。

「いまヴィクラム・セスを読んでいるんだけど、彼も入るの？」

サー・ケヴィンは一度もセスの名を聞いたことがなかったが、大丈夫そうな気がした。

「サルマン・ラシュディは？」

「たぶん違うでしょう」

「わからないわ、そもそもどうしてプレスリリースが必要なの？　どうして私が読むものを国民が気にしなければならないの？　女王は本を読む。それだけ知っていれば充分よ。『それがどうした』という反応が返ってくるだけだと思うわ」

「本を読むことは引きこもることです。人に会うのを拒むことです。かえって気が楽になるのではないでしょうか、こうした趣味がより……利己的でないほうが」

「利己的？」

「自己中心的と言うべきかもしれませんね」

「そのほうがいいようね」

サー・ケヴィンは思いきって言ってみた。「陛下の読書をより大きな目的のために役立てることができれば――たとえば国全体の読み書き能力であるとか、若者の読書水準の向上……」

「私は楽しみのために読んでいるのよ。公務とは違うわ」

「公務にすべきかもしれません」

「なんて厚かましいやつだ」その夜、女王から話を聞いた公爵は言った。

ところで公爵や王室の人々はこのときどうしていたのだろうか。女王の読書熱によってどのような影響をこうむったのだろうか。

陛下の務めが食事の支度や買い物、あるいは、とても想像できないが、いくつもある邸宅の埃を払ったり掃除機をかけたりすることだったら、手抜きをするようになったのがすぐに目についただろう。しかし、言うまでもなく、女王はこのような家事はいっさいする必要がない。書類を読んだりサインをしたりする仕事を前ほど勤勉にやらなくなったのは事実だが、それによって夫や子どもたちが影響を受けるわけではなかった。影響があるのは（サー・ケヴィンによると「重大な影響がある」のは）公的な領域であり、女王がいやいや公務をこなすようになったのが傍目にもわかった。定礎式で礎石を置くのも前ほど熱心ではなく、進水式をおこなう数少ない船に対しても、池に浮かべるおもちゃの船並みに、儀式なしで進水させるようになった。いつも読みかけの本が待っていたからである。

女王の下で働く人々にとっては懸念すべきことかもしれないが、家族はむしろほっとした。女王は何事もきちんとするようにつねに家族に発破をかけてきた人で、年をとっても容赦がなかった。それが読書で変わったのである。前よりも家族を放っておくようになり、うるさく言うこともめったになくなり、みなすっかり安らかな時を過ごせるようになった。読書万歳という気分だった。ただ、本を読みなさいと言ったり、しつこく本の話ばかりしたり、ふだん本を読んでいるかどうか問いただしたりするのは勘弁してほしかったし、何よりも困るのは、家族に本を押しつけて、あとで読んだかどうかチェックすることだった。

すでに王室の人々は、あちこちの城や宮殿のひとけのない片隅で、鼻の頭に眼鏡をのせ、かたわらにノートと鉛筆を置いて本を読んでいる女王にたびたび出くわすようになっていた。そういうとき、女王はちらりと目を上げ、かすかに手を挙げて見せた。「まあ幸せそうなのはいいことだよ」公爵はそう言いながら廊下を遠ざかっていった。確かに彼女は幸せだった。ほかの何よりも読書を楽しみ、驚くべきスピードでむさぼり読んでいた。もっとも、ノーマンを除けば、それにびっくりするような者もいなかったのだが。

初めの頃は自分の読書についてだれとも話さなかった。特に人前ではそうだった。このような遅咲きの熱中は、いかに価値あるものであろうと、笑いものになるかもしれないとわかっていたからだ。神様に夢中になっても、ダリアに熱中にしても同じことだろう。あの年でなぜいまさら？　とまわりは思った。だが女王にとってはこれほど真剣なことはなく、一部の作家が書かずにいられないと感じるように、本を読まずにいられなかった。作家たちが書くために選ばれるように、彼女は老境に入ってから読むために選ばれたのだと感じた。

最初は確かにおずおずと、ためらいがちに読んでいた。膨大な数の本を前にして立ちすくみ、どうやって進めばいいのかさっぱりわからなかった。一冊の本が次の本につながっていくような一貫した読書方針もなく、よく二、三冊を並行して読んでいた。次の段階になると、読みながらメモをとるようになり、それ以降はつねに鉛筆片手に読書をした。メモといっても読んだ内容を要約するのではなく、印象に残った一節をただ書き写すだけだった。メモをとりながらの読書を一年かそこら続けてからようやく、時おりためらいがちに自分の考えを書きとめるようになった。「私には文学が広大無辺な国のように思える。そのはるかな辺境へ向かって旅しているけれど、とうていたどり着けない。始めるのが遅すぎた。遅れを取り戻すのは不可能だ」と女王は書いた。それから(それとは無関係に)「エチケットというのは煩わしいこともあるが、気まずい思いをするほうがもっと悪い」。

女王の読書には悲しみも混じっていた。生まれて初めて、経験しそこなったことがたくさんあるような気がした。何冊もあるシルヴィア・プラスの伝記の一冊を読んでいたときには、こういう経験をしなくて本当によかったと思ったものだが、ローレン・バコールの回想録を読んでいたときには、この女優のほうがはるかにいい思いをしているような気がしてならず、われながらいささか驚いたことに、バコールのことをうらやましく思ったのである。

女王が芸能人の自伝から自殺志向のある女性詩人の最後の日々を描いた伝記へと

すぐさま移ることができたのは、一貫性がなく、理解力に欠けるように見えるかもしれない。だが、確かに最初の頃は、女王にとってすべての本は等価であり、臣民に対するときのように、偏見をもたずに接する義務を感じたのである。彼女にとって、いわゆるためになる本などというものは存在しなかった。本の世界は未知の国であり、少なくとも最初のうちは、どの本も分け隔てなく読んでいた。時がたつにつれて良し悪しがわかるようになってきたが、たまにノーマンの意見を聞く以外は、何を読めばいいか、何を読む必要がないか、だれからも何も言われなかった。ローレン・バコール、ウィニフレッド・ホルトビー、シルヴィア・プラス——名前だけ見てもどういう人物かわからず、読んで初めてわかった。

それから何週間かして、女王は本から目を上げ、ノーマンに言った。「前にあなたは私の書記だって言ったでしょう?　私自身を何と呼ぶかわかったわ。晩学の徒《オプシマス》ね」

ノーマンはいつも手近に置いている辞書を読みあげた。「晩学の徒《オプシマス》　年をとってから学びはじめる人」

失われた時間を取り戻そうとする気持ちがあるからこそ、彼女はこれほどの速度で読んだのだし、読みつづけるうちに、前よりも頻繁に（しかも自信をもって）自分の感想を書き加えるようになり、実質的には文学批評と呼んでいいこうしたメモにおいても、他のことに取り組むときと同じ率直な姿勢を示した。女王は優しい読者とはいえず、著者が近くにいればとっちめてやるのにという気持ちに駆られることも少なくなかった。

「ヘンリー・ジェイムズを叱りつけてやりたいと思うのは私だけだろうか？」と女王は書いた。

「ジョンソン博士が評価されている理由はよくわかるが、どう見ても、ほとんどは独善的なたわごとでは？」

ある日、お茶の時間にヘンリー・ジェイムズを読んでいたとき、女王は声に出して言ってしまった。「もう、さっさと先に行きなさいよ」

ちょうどティーワゴンを運び去ろうとしていた侍女が「申し訳ございません」と言って、二秒フラットで部屋から飛び出していった。

「あなたのことじゃないのよ、アリス」女王は侍女の背後に呼びかけ、さらにドアのところまで行った。「あなたのことじゃないのよ」

以前なら、侍女がどう思うか、彼女を傷つけたのではないかなどということは気にならなかっただろう。なぜいまになって気にするようになったのだろうと、女王は椅子に戻りながら思った。このように前よりも人の気持ちを思いやるようになったのは、読書と、さらには読んでいて絶えずいらいらさせられるヘンリー・ジェイムズにさえ関係があるかもしれないことに、そのときは気づかなかった。

遅れを取り戻さなければという意識が消えうせることはなかったが、女王はほかにも後悔していることがあった。大勢の著名な作家に会うこともできたのに、そうしてこなかったことである。少なくともこの点においては過ちを改めることができたので、ノーマンの熱心な勧めもあって、二人が読んでいた作家のうち何人かに直接会ってみるのも面白いだろうと考えた。そこで、作家を招いたパーティ、もしくは（ノーマンが固執した言い方に従えば）夜会の計画が立てられた。

侍従たちは当然のごとく、園遊会など他の大規模なパーティと同じ形式になるものと思っていた。その場合は、陛下が立ち止まって話をする可能性が高い客の情報をひそかに伝えておく。ところが女王は、今回はそのような堅苦しいやり方はそぐわないと考え（なにしろみんな芸術家なのだから）、成り行きにまかせることにした。これは必ずしもよい考えではないことがわかった。

一般に作家というものは、女王がひとりずつ個別に会うぶんには、内気で、おどおどしているようにさえ見えたものだが、集団になると騒がしく、ゴシップ好きで、よく笑うわりには、彼女の見るところ、さほど面白くもなかった。女王は、あちこちで輪をつくって談笑している作家たちの周囲を所在なげにうろうろすることになり、彼女を話の輪に入れようと努力する者などだれもいなかったので、自分の開いたパーティで客になった気分を味わった。女王が口を開くと、会話が止まって気まずい沈黙が流れるか、おそらくはみずからの独立心と知性を見せつけるために、どの作家もわざと女王の言ったことを無視して話を続けるのだった。

いまや友人のような親しみを覚えるようになり、知り合いになりたいと切望していた作家たちといっしょにいるのは胸がわくわくする経験だった。だが、感銘を受けた本の作者に共感を表明したいという気持ちがこみあげると、かえって何も言えなくなってしまうのだった。生まれてこのかた、他人の前で怖じ気づいたことなどめったにない彼女が、口ごもり、うろたえた。「あなたの本が大好きです」と言えばそれでよかったのだが、五十年にわたって沈着冷静を貫き、何事も控えめに述べる癖がついていたのが邪魔をした。口で言うのが難しかったので、結局、昔から頼りにしてきたやり方に頼ることになった。必ずしも「どちらからいらしたの？」と訊くわけではなかったが、その路線を文学にあてはめたようなものだった。「あなたの作品の登場人物についてどうお考えになりますか？　決まった時間にお仕事をなさるの？　ワープロをお使いですか？」――訊くのが恥ずかしくなるほど陳腐な質問だったが、気まずい沈黙よりはましだった。

あるスコットランドの作家には特にぎょっとさせられた。作品の発想はどこから得るのかと訊くと、彼はかみつくように言った。「陛下、発想は向こうからやってくるわけではありません。こちらから出かけていって取ってこなければならないんです」

どうにか——ほとんど口ごもりながら——作品に感銘を受けたことを伝えることができて、彼が（男性のほうが女性よりはるかにひどいと彼女は思った）その本を書くに至った経緯を聞かせてもらいたいと思っても、向こうはこちらの熱意など無視して、書きあげたばかりのベストセラーについてではなく、いま執筆中の作品について、それがいかに遅々として進まず、それゆえいかにみじめな思いをしているかということを、シャンパンをちびちび飲みながら、ひたすら話しつづけるのだった。

作家とは小説のページの中で会うのが一番であり、作中人物と同じくらい読者の想像の産物なのだということを間もなく女王は悟った。彼らは女王が作品を読んだからといって厚意にあずかったなどとは思っていないようだった。むしろ作品を書くことで、彼らのほうが女王に恩恵をほどこしたのである。

当初はこのような会を定期的に開こうかと考えていたが、今回の経験で思い直した。一度で充分だった。サー・ケヴィンはほっとした。彼はもともとこの計画に乗り気でなく、作家のために夜会を開くなら、次は画家のために夜会を開く必要が出てくる、作家と画家の夜会を開いたら、今度は科学者が招かれると思うだろうと言っていた。

「一部をひいきしているように見られてはなりません」

とりあえずそのおそれはなくなった。

サー・ケヴィンはこのつまらない夜会の元凶はノーマンだと思っていたが、これはあながち根拠のないことでもなかった。女王がためらいがちにこのアイデアを口にしたとき、実行するように勧めたのはノーマンだった。もっとも、ノーマンもたいして楽しかったわけではない。文学の会だけに、ゲイの客の比率がきわめて高く、ノーマンが特に薦めて招待してもらった作家も何人かいた。だからといって、彼にとって何かいいことがあったというわけではなかった。他の小姓たちと同じように、ノーマンも飲みものとつまみを運んでまわっていただけだが、他の者と違って、自分がトレーを持って近づいていく相手の評判や地位をよく知っていた。彼らの作品も読んでいた。だが彼らはノーマンではなく、かわいい顔をした小姓たちと高慢な侍従たちのまわりに群がっていた。文学的名声なんて踏んづけたって気がつかないようなやつらだ、とノーマンはけなしていた（女王には言わなかったが）。

しかし、「生ける言葉」をもてなす経験が残念な結果に終わったとしても、（サー・ケヴィンの期待に反して）それで陛下が読書への意欲をなくすことはなかった。作家に会いたいという気はなくなり、現存作家全体への興味もいくらか薄れることにはなったものの、そのぶん、ディケンズ、サッカレー、ジョージ・エリオット、ブロンテ姉妹といった古典に向かう時間が増えただけのことだった。

毎週火曜の夕方、女王は首相と接見し、首相は女王に知らせておくべきことを手短に説明することになっていた。報道機関はこの面談の模様を、経験豊富で賢明な君主が、落とし穴にはまらぬよう首相を教え導き、在位五十年あまりにわたって蓄積された、またとない豊かな政治的経験にもとづいて必要な助言をする場として描き出すのを好んだ。これは神話にすぎないが、宮殿自体もその神話づくりに手を貸してきた。だが実際には、時がたつにつれて首相たちは女王の話に耳をかたむけなくなり、二人で話せば話すほど、女王は必ずしも同意していなくても、うなずいて同意を示すばかりになるのだった。

初めのうち、首相たちは女王と握手をしたがった。女王に会いにくるのは、自分のしたことを母親に見せたくてしょうがない子どものように、よしよしとほめてもらうためだった。彼女にとっては珍しくもないことだったが、必要なのは実は見せかけだった。興味をもっているふり、気にしているふりを見せればそれでよかった。男たちは（ここにはサッチャー夫人も含まれるが）見せかけを求めた。もっとも、この段階ではまだ女王の話をよく聞き、助言を求めることさえあるが、時とともに、どの首相もなぜか一様に講義モードになって、女王の励ましを必要としなくなり、彼女を聞き手として扱い、もはや彼女の意見に耳をかたむけなくなる。公式の会議であるかのように女王に向かって演説したのはグラッドストンひとりではなかった。

この火曜日も、接見はいつものように進み、終わり頃になってようやく女王はなんとか口をはさみ、本当に興味のある問題について話すことができた。「私のクリスマス放送ですけど」

「なんでしょう」首相が答えた。

「今年はちょっと違ったことをしようかと思ったんです」

「違ったこと？」

「ええ。たとえば私がソファにすわって本を読んでいるとか、あるいはもっと形式張らずに、体を丸めて本を読んでいる私の姿をカメラがとらえて、ゆっくりと忍び寄ってきて――と言えばいいのかしら？――ミッド・ショットになったら、私が顔を上げて、『これこれについての本を読んでいました』と言って、そこから話を続けるというのはどうかしら」

「それは何の本なんですか」首相はあまりうれしくなさそうだった。

「それはこれから考える必要があるわね」

「世界情勢に関する本とか？」首相は顔を輝かせた。

「ひょっとしたらね、でもそういうのはさんざん新聞に出ているでしょう。そうじゃなくて、実は詩集がいいんじゃないかと思っているんです」

「詩集ですか？」首相は薄笑いをうかべた。

「たとえばトマス・ハーディ。この前、タイタニック号と氷山の出会いについて書かれたすごくいい詩を読んだのよ。『両者の遭遇』というの。ご存じかしら？」

「いいえ、存じません。しかし陛下、それは何の役に立つんですか？」

「だれにとって?」

「それはまあ」——首相は少々言いにくそうに答えた——「国民ですが」

「ああ、きっと、だれもが運命には逆らえないということを教えてくれるんじゃないかしら」

女王は首相を見つめ、にっこりとほほえんだ。首相は自分の両手に目を落とした。

「そういうメッセージは政府としては支持できかねます」大衆に世界は制御できないと思わせてはならない。そうなったら無秩序が広がるばかりだ。あるいは選挙での敗北か——どちらでも同じことだが。

「そういえば」——今度は首相のほうがにっこりした——「陛下の南アフリカ訪問の模様を撮ったすばらしいフィルムがあると聞きましたが」

女王はため息をつき、ベルを押した。「今度考えましょう」

首相は面会が終わったことを知った。ノーマンがドアを開けて待っていた。これがあのノーマンか、と首相は思った。

「ああ、ノーマン、首相はハーディをお読みになったことがないようなの。お帰りの際に私たちの古いペーパーバックを探してさしあげたらどうかしら」

自分でもいささか驚いたことに、女王はひとまず望みを実現することができた。ソファに体を丸めた姿勢ではなく、いつものテーブルにすわった姿勢で、しかも例のハーディの詩ではなかったが（「前向き」ではないとして却下された）、その年のクリスマス放送をディケンズの『二都物語』冒頭の引用（「それは最良の時代でもあり、最悪の時代でもあった」）から始め、なおかつそれをうまく朗読してみせたのである。プロンプターを読むのではなく、本から直接読むようにしたため、視聴者の大部分を占める高齢者は、昔、学校で本を読んでくれた先生のことを思い出した。

クリスマス放送の反響に気をよくした女王は、公の場で本を朗読したいという考えにこだわりつづけた。ある夜遅く、エリザベス一世の宗教改革に関する本を閉じたとき、カンタベリー大主教に電話してみようと思いついた。

大主教が電話に出るまでに少し間があったのは、テレビのボリュームを下げていためだった。

「大主教、どうして私は一度も聖書の朗読をしたことがないのでしょう」

「すみませんが、もう一度おっしゃってください」

「教会で。ほかの人はみんな朗読できるのに、私は一度もないんです。規定があるわけではありませんよね？　禁じられているわけではないのでしょう？」

「そんなことはないと思いますが」

「そう。それならさっそく始めます。レビ記ですね、わかりました。おやすみなさい」

大主教は首を振り振り、有名人ダンス・コンテスト番組『ストリクトリー・カム・ダンシング』に戻った。

だがそれ以来、特にノーフォークに行ったときに、さらにはスコットランドにいるときでさえ、陛下はたびたび聖書台で朗読をおこなうようになった。聖書台だけではない。ノーフォークの小学校を訪問した際には、教室の椅子にすわって子どもたちに象のババールのお話を読んだ。ロンドン市長主催の晩餐会で話をしたときには、桂冠詩人ベッチェマンの詩を朗読した。突如予定外の朗読が始まって、みな大喜びだったが、サー・ケヴィンだけは渋い顔をしていた。女王はわざわざ彼に許可をとったりしなかったからである。

植樹式の締めくくりも予定外のものになった。メドウェイ川を見下ろす殺風景な郊外農場の、開墾された土の中にオークの苗木を軽く植えてから、女王は式で使った鋤《すき》にもたれ、フィリップ・ラーキンの詩「木々」を暗唱した。最後の一節はこうなっていた。

それでいて休むことを知らぬ城たちは
五月がくるたびに青々と繁って揺れ動く
去年は死んだ、と言うかのように
新たに、新たに、新たにはじめよ、と

あのくっきりとした、聞きまちがえようのない声が、風に吹きさらされたみすぼらしい草の上に響きわたるとき、女王は寄り集まった市の関係者ばかりでなく、自分自身にも語りかけているような気がした。自分の人生に、新たなはじまりを呼びかけていたのだ。

とはいえ、読書に夢中になる一方で、それ以外のものへの熱意がこれほど空っぽになってしまうとは自分でも予想していなかった。また新たな水泳プールの落成式があると聞いても、さして心が弾まなかったのは事実だが、それでもその仕事が本気でいやになったことはこれまで一度もなかった。こちらを訪問するかと思えばあちらで何かを授与するといった義務がいかにうんざりするものであろうと、退屈したことはけっしてなかった。これこそが彼女の務めであり、毎朝、スケジュール帳を開けば、いつも何かしら興味や期待のもてるものがあった。

しかし、もはやそうではなかった。視察や旅行、その他のさまざまな公務がひっきりなしに、何年も先までずっと続いているのを見ると、恐ろしくなるばかりだった。自由に過ごせる日はやっと一日ある程度で、二日とはなかった。突然、すべてが面倒になった。「陛下はお疲れだわ」机にすわった女王がうめくのを聞いて、侍女は言った。「たまにはゆっくりなさればいいのに」

そうではない。原因は読書だった。女王は確かに読書が大好きだったが、本を開いて他人の人生に入りこむことを知らなかったらよかったのにと思ったことも一度ではない。読書は彼女をだめにした。いずれにせよ、こうした職務では満足できない人間にしたのである。

その間にも賓客が次々に訪れたが、そのうちのひとりは、ジュネに関しては期待はずれもいいところだったあのフランスの大統領だった。こうした要人の訪問のあとに必ずおこなわれる報告会で、女王はその件についてもふれたが、外務大臣もやはりこの囚人劇作家の名前など聞いたこともなかった。でも、と女王は、英仏通貨協定に関して大統領が述べた意見の話から脱線して続けた。大統領はジュネについてはまったく役に立たなかったけれど（「ビリヤード場に生息している輩でしょう」と片づけていた）、プルーストに関してはたいそう詳しいことがわかったのよ。女王はプルーストのことは名前ぐらいしか知らなかったが、外務大臣はそれすら知らなかったので、彼女は少し知識を提供することができた。

「ひどい人生を送ったかわいそうな人なのよ。どうも喘息に苦しんでいたらしくて、『もう、しっかりしなさいよ』と言いたくなってしまうような人なの。もっとも文学の世界にはそういう人がいっぱいいるけれど。変わってるのは、ケーキを紅茶に浸すと（下品な習慣ね）過ぎ去った人生のすべてが蘇ってくることなのよ。実は私も試してみたのだけど、全然効果がなかったわ。私が子どもの頃、大好きだったのはフラーズのケーキなの。あれなら効果があるかもしれないけど、もちろんお店はとうの昔になくなってしまったから、思い出そうとしても無理ね。これでおしまいかしら？」女王は本に手を伸ばした。

女王のプルーストに関する知識不足は、外務大臣と違ってさっそく修正された。ただちにインターネットでプルーストのことを調べたノーマンが、彼の小説が全十三巻におよぶことを知り、陛下がバルモラル城で夏休みを過ごす際に読むのにうってつけだと考えたのだ。ジョージ・ペインターによる伝記『マルセル・プルースト』もいっしょに用意した。机の上にずらりと並んだ青とピンクの表紙の全集を見て、ケーキ屋のウィンドウから飛び出してきたお菓子のようだと女王は思った。

肌寒くて雨が多く、不毛な夏で、狩猟組は毎晩獲物の少なさに文句を言っていた。しかし女王（とノーマン）にとっては牧歌的な日々だった。本の中の世界とそれが読まれている環境がこれほど対照的なのもめずらしいだろう。二人がスワンの苦悩、ヴェルデュラン夫人のけちな俗悪さ、シャルリュス男爵のばかげた行為などに夢中になっている一方で、雨に濡れた丘の隠れ穴では銃声がむなしく響き、たまにびしょ濡れの牡鹿の死体が窓の外を運ばれていった。

首相夫妻も城でのハウスパーティに何日か参加しなければならず、首相自身は射撃はしないものの、少なくとも女王とヒースの野を散策して、「親睦を深めたい」と思っていた。ところが、プルーストなどトマス・ハーディよりもっと知らなかったために、首相は失望を味わうことになった。心と心の交流は望み薄だった。

朝食が済むと、陛下はノーマンと書斎に引きこもり、男性陣はランドローバーでまたもや期待はずれの狩猟に出かけ、首相夫妻は好きなように過ごすことができた。何日かは徒歩でだらだらとヒースの茂みを抜け、荒野を横切り、狩猟隊とともに野外で雨に濡れながら気まずい昼食をとったりしたが、午後には、ツイードの敷物とショートブレッド一箱を買ったらもうあたり一帯で買えそうなものもなくなってしまい、客間の遠い隅で寂しくモノポリーをしている夫妻の姿が見られた。

　そのような日々が四日も続くと耐えられなくなり、首相夫妻は口実をつくって（「中東で問題が起こりまして」）早めに出発することにした。最後の晩に急遽言葉当てゲームが企画されたが、ゲームで使う名句やことわざの選択は、国王の知られざる特権のひとつであるらしく、女王にはすぐにわかるようだが、首相も含めた他の全員にはさっぱりわからなかった。

　首相は相手が君主であろうと負けるのが大嫌いなたちで、王子のひとりから、問題はすべて（プルーストに関する問題も複数あった）ノーマンが女王と読んだ本からとったものだから、女王以外の者が勝てるわけがないと聞かされても収まらなかった。

　女王が長らく使われていなかった特権を次から次へと行使しても、首相がこれほど気を悪くすることはなかっただろう。彼はロンドンに戻ると即座に特別顧問に命じてサー・ケヴィンに連絡をとらせた。サー・ケヴィンは特別顧問を慰め、いまのところノーマンはみなが等しく堪え忍ばなければならない苦労の種なのだと言った。特別顧問は納得しなかった。「そのノーマンってやつはホモなのか？」

サー・ケヴィンははっきりとは知らなかったが、そうかもしれないと思っていた。

「知ってるのか？」

「陛下？　たぶんご存じだろう」

「マスコミは？」

「マスコミだけは勘弁してほしいね」サー・ケヴィンは頬の肉を一瞬ぎゅっと引き締めた。

「まったくだ。じゃあこの件はまかせていいかな？」

ちょうどカナダへの公式訪問を控えた時期だったが、ノーマンは休暇でストックトン・オン・ティーズに帰省するため、同行はしない予定だった。だが彼はあらかじめすべての準備を済ませていった。大陸の端から端まで旅するあいだ、陛下がまったく退屈しないだけの本を箱に詰め、丁寧に荷造りした。ノーマンの知るかぎり、カナダ人はさほど本好きではないし、スケジュールが詰まっているので陛下が書店に立ち寄れる可能性も乏しかった。女王は今回の旅行を楽しみにしていた。というのも、列車での移動が多くなるため、コンパートメントにこもって最近読み出したピープスのページをめくりながら、速やかに大陸を横断できると思っていたからだ。

ところが、この旅行は、少なくとも出だしは最悪だった。女王は退屈し、非協力的で、不機嫌だった。侍従たちはすべてを読書のせいにしたいところだったが、実は今回、彼女は本を読んでいなかった。ノーマンが陛下のために荷造りした本がどういうわけか行方不明になってしまったからである。女王の一行とともにヒースロー空港から送り出された荷物は、数か月後にカルガリーに出現し、地元の図書館でちょっと風変わりだが楽しい展示の目玉となった。一方、没頭できるものをなくした陛下は、目の前の仕事に集中するどころか（本をわざと間違った場所に送らせたサー・ケヴィンの意図はそこにあったのだが）、手持ち無沙汰から不機嫌になり、扱いづらくなっただけだった。

極北ではなんとかかき集めた数頭のホッキョクグマがあたりをうろつきながら待

っていたが、陛下が出てこないので、もっと見込みのありそうな氷の塊の上に跳び移った。丸太を押しこみ、氷河が氷海にすべり落ちるようにもしたが、女王は船室にこもったきり、何も見ようとしなかった。

「セントローレンス水路は見ないのかい？」公爵が尋ねた。

「五十年前に開通式に出たわ。変わったとも思えないけど」

ロッキー山脈でさえおざなりにちらりと見ただけで、ナイアガラの滝は行くのをやめ（「もう三回も見たわ」）、公爵だけ行くことになった。

しかし、たまたまカナダの文化人のためのパーティで、女王は作家のアリス・マンローと話すことになり、マンローが長編と短編小説を書いていることを知ると、どれか一冊もらえないかと頼み、その本を大いに堪能した。さらにうれしいことに、彼女の本はほかにもたくさんあることがわかり、作家自身が快く提供してくれた。

「これ以上にうれしいことがあるでしょうか」女王は隣にいたカナダの国際貿易大臣に打ち明けた。「好きな作家に偶然会って、しかもその作家が一冊や二冊どころか少なくとも十冊以上は本を出していることがわかるなんて」

しかも全部ペーパーバックでハンドバッグに入る大きさなのがいい、と思ったものの、口には出さなかった。さっそくノーマンに葉書を送り、数少ない絶版の本を図書館から借りて帰国までに用意しておくように言いつけた。なんてすばらしい！

だがノーマンはもういなかった。

ストックトン・オン・ティーズへ楽しい休暇旅行に出発する前日に、ノーマンはサー・ケヴィンの部屋に呼ばれた。首相の特別顧問はノーマンをクビにすべきだと言っていた。サー・ケヴィンは特別顧問が嫌いだった。ノーマンもたいして好きではなかったが、特別顧問のほうがもっと嫌いだった。ノーマンが命拾いをしたのはそのおかげだった。それにクビは乱暴すぎる気がした。クビにしないほうがいい。もっとうまい手がある。

「陛下はいつも職員の向上を願っておられる」サー・ケヴィンは優しげに言った。「きみの仕事ぶりに陛下は大いに満足しておいでだが、きみが大学への進学を考えたことがあるかどうかお知りになりたいそうだ」

「大学?」ノーマンは考えたこともなかった。

「具体的に言うと、イースト・アングリア大学だ。すばらしい英文科があって、そのうえ創作コースもある。名前をあげればわかるだろう」――サー・ケヴィンはメモに目を落とした――「イアン・マキューアン、ローズ・トレメイン、カズオ・イシグロ……」

「ええ。僕らは読みました」

サー・ケヴィンは「僕ら」という言葉にたじろぎつつも、イースト・アングリアはきみにぴったりだと思うと言った。

「どうやって？　そんな金はありません」

「それは心配ない。陛下はきみの成長を妨げたくないとお考えだからね」

「僕としてはここにいるほうがいいんですが。これ自体が教育ですし」

「そうなんだがねえ。でも無理なんだよ。陛下はもう代わりの者をお考えになっているんだ。ああ、もちろん」とにっこり笑って言い添えた。「厨房ならいつでも空いてるがね」

そういうわけで、女王がカナダから帰国したとき、廊下でいつもの席に腰かけたノーマンの姿はもう見られなかった。椅子は空っぽだった——もっとも、椅子そのものも、つねに女王のベッド脇のテーブルに積み上がっていた心休まる本の山も、消えうせていたのであるが。さしあたっての問題は、アリス・マンローのすばらしさについて語りあえる相手がだれもいないことだった。

「彼は好かれていませんでしたからね」サー・ケヴィンは言った。

「私には好かれていたわ」女王は答えた。「いったいどこへ行ったの?」

「わかりません」

ノーマンはこまやかな気遣いのできる青年だったので、自分のとっている講座や読まなければならない本などについて長々と綴った手紙を女王に出したが、「お手紙ありがとうございます。陛下はたいへん興味をおもちでした」で始まる返事を受けとったとき、自分はうまいこと辞めさせられたのだと悟った。女王の意図か個人秘書の意図かはわからなかったが。

だれの仕業かノーマンにはわからなくても、女王にはよくわかっていた。ノーマンは移動図書館やカルガリーにたどりついた一箱の本と同じ道をたどったのだ。馬車のクッションのうしろに隠した本のように、爆破されなかっただけでも幸運だった。彼がいないのは寂しかった。それは間違いない。だが手紙一本届かない以上、重苦しい心を抱えたまま前へ進んでゆくしかなかった。これしきのことで本を読むのをやめるはずもない。

ノーマンが突如いなくなっても女王がさほど心配しなかったのは意外に見えるかもしれないし、冷たい人間だという印象を与えるかもしれない。だが、突然の不在や不意の別れは彼女の人生ではよくあることだった。たとえば、だれかが病気になっても、女王に知らせが来ることはめったになかった。女王という存在は悲嘆や同情というものさえ知らずに生きてゆく資格がある、少なくとも臣下たちはそう考えていた。不運にも使用人や、時には友人が命を落としたときに、初めて異常があったことを知る場合も多かった。「陛下にご心配をかけてはならない」というのが彼女に仕える者たち全員の従うべき原則だった。

むろんノーマンは死んだわけではなく、イースト・アングリア大学に行っただけだ。もっとも、侍従たちにとってはほとんど同じことだった。ノーマンが陛下の生活から消え去り、もはや存在しなくなると、女王も他の者たちも彼の名を口にすることはいっさいなくなった。だが、そのことで彼女を責めるのは間違いだ。その点については侍従たちも同意するだろう。女王を責めることは許されない。人々は死に、去ってゆき、（ますます多くの人が）新聞に出るようになった。彼女にとってすべては何らかの別れにほかならない。彼らが去っていっても、女王は進みつづけた。

女王の名誉のために言うわけではないが、ノーマンがいきなり姿を消す前に、彼女は自分がすでにノーマンより成長したのではないかと……いわば「読み越えた」のではないかと思いはじめていた。かつてノーマンは、身分は低くとも率直な、本の世界の案内人だった。何を読めばいいか女王に助言し、まだその本を読むのは早いと思ったときには躊躇なくそう言った。たとえばベケットとナボコフは長いあいだ彼女から遠ざけていたし、フィリップ・ロスにはだんだんと触れさせた（『ポートノイの不満』はだいぶあとになってからだった）。

だが、女王はますます自分の好きなものを読むようになり、ノーマンも同じようにした。二人はお互いに読んでいる本の話をしたが、女王は自分の人生と経験が強みになっているのをしだいに感じるようになった。本だけでは限度がある。ノーマンの好みが時に疑わしいことにも気づいていた。ほかの条件が同じ場合でも、彼には同性愛の作家を好む傾向があり、女王がジュネを知ったのもそのせいだった。なかには好きな作家もいたが——たとえばメアリ・ルノー（レノルト）の小説には夢中になったが、いささか変質的な傾向のある他の作家たちはあまり好きになれなかった。たとえば（ノーマンが愛読している）デントン・ウェルチはやや病的な感じがしたし、イシャウッドの瞑想につきあっている暇はなかった。読者としての女王は、てきぱきしていて率直だった。いかなるものにも溺れたくなかったのだ。

話し相手のノーマンがいなくなったことで、女王はそれまでよりも長時間、頭の中で自分と対話するようになり、自分の考えを書き綴ることも増えたため、ノートは数を増し、範囲も広がった。「幸福の秘訣は自分には資格があるという意識をいっさいもたないことである」。女王はこの言葉に星印をつけ、ページの下に書きこんだ。「私のような立場ではこのような教訓を学ぶのは不可能だ」。

「確かアントニー・パウエルに名誉勲位を授与した際に、品行の悪さの話になった。品行方正で有名で、古風なところさえあった彼は、作家であるからといって人間であることを免れることはできないと言った。だが（私はそうは言わなかったが）女王は人間でなくてもよい。私はつねに人間のように見えなくてはならないが、実際に人間である必要はほとんどない。それは私の代わりに国民がやってくれる」。

このような考えを書きとめるほかに、出会った人々、必ずしも有名人ばかりではない人々の特徴を描写することもあった。おかしなふるまい、言い回し、そして彼らから聞いた話、多くはひそかに打ち明けられた話を書き記した。王室にまつわるスキャンダルが新聞に出たときには、事実は彼女のノートに書きとめられた。世間に気づかれなかったスキャンダルもやはり書きとめられ、こうしたすべてはあの思慮深い、落ちついた口調で語られたが、女王はこれを自分の文体として認め、喜びさえ感じるようになってきた。

ノーマンがいなくなって、読書自体が停滞することはなかったにせよ、女王の読書傾向にも変化が生じた。まだロンドン図書館や書店に本を頼んではいたものの、ノーマンがいないので、本のやりとりも二人の秘密ではなくなった。いまではまず女官に頼まねばならず、女官が経理係に話してわずかなお金を引き出すのだった。それが面倒で、あまり注目されない孫たちのひとりに本を取ってきてもらうこともあった。彼らは存在に気づいてもらえたのがうれしくて、喜んで手伝った。世間は彼らが存在していることをほとんど知らないからである。しかし、いまや女王は、自分の図書室、特にウィンザー城の図書室で本を調達することが増えてきた。ウィンザー城は現代の本に関しては選択の幅が限られていたが、書棚にはさまざまな版の古典がずらりと並び、もちろん著者署名入りの本もあった――バルザック、ツルゲーネフ、フィールディング、コンラッドなど、かつてなら歯が立たないと思ったはずの本も、鉛筆片手にやすやすと読めるようになり、読みつづけているうちに、あのヘンリー・ジェイムズとも和解するに至った。ジェイムズお得意の話の脱線もいまや難なく乗り越えられた。ノートには次のように書きこんだ。「結局のところ、小説は一直線に書かれるとはかぎらない」。夕暮れの光を求めて窓辺にすわっている女王を見た司書は、この古来の書棚はジョージ三世の時代以来、これほど熱心な読者に出会ったことはないだろうと思った。

ウィンザー城の司書もまた、他の大勢と同じように、ジェイン・オースティンの魅力を力説したが、陛下はきっとジェイン・オースティンを好きになるはずだとあらゆるところで言われて、女王はかえって嫌気がさしてしまった。さらに、ジェイン・オースティンを読むうえで女王に特有のハンディキャップもあった。ジェイン・オースティンの真髄は微細な社会的区別の描写にあるが、女王はその特異な立場ゆえにその区別がうまく把握できなかったのである。君主ともっとも身分の高い臣下のあいだにさえこれほどの隔たりがあるのだから、それ以外の社会的差違などはなおさら小さく見えた。だからジェイン・オースティンがあれほど重視した社会的区別も、女王には一般読者の目に映る以上にどうでもいいものに思われて、そのせいでひどく読みづらいのだった。少なくとも最初のうちは、ジェイン・オースティンの小説はほとんど昆虫学のようなもので、登場人物はアリとはいわないまでも、女王の目には顕微鏡が必要なほどだれもが似通って見えた。文学についても人間性についても彼女の理解が深まるにつれて、ようやく登場人物が個性と魅力をそなえた存在に見えてきた。

フェミニズムも少なくとも初めのうちは、やはり同じ理由で軽視していた。女王と他の人間を隔てる深淵に比べれば、男女の区別も階級の違い同様どうでもいいものに見えたのである。

しかし、ジェイン・オースティンであれ、フェミニズムであれ、さらにはドストエフスキーであれ、女王は最終的には他の多くのものと同様に読みだしたのだが、読めば今度は後悔の念を免れなかった。昔、オックスフォード大学での晩餐会でデイヴィッド・セシル卿の隣になり、何を話せばいいのか途方に暮れたことがある。彼はジェイン・オースティンに関する本を何冊も出していることがわかったので、いまならあの出会いをもっと楽しめただろう。だがデイヴィッド卿はすでにこの世を去り、それもかなわない。遅すぎる。あまりにも遅すぎる。それでも彼女はいつものように決然と読みつづけ、絶えず遅れを取り戻そうと努めていた。

王室もまたいつものように順調な歩みを続けていた。ロンドンからウィンザー城へ、ノーフォークへ、さらにはスコットランドへの移動は、少なくとも女王の側では努力するふりさえ必要なく、自分がほとんど余計な存在であるような気がすることもあった。中央にいるのがだれであろうと、移動の手順は変わらない。出発と到着の儀式において、女王は一個の荷物にすぎなかった。もっとも重要なものであるのは間違いないが、それでも荷物と同じことに変わりはなかった。

ある意味では、こうした旅行も以前よりやりやすくなった。人々の動きの中心にいる人物がたいてい本に鼻を突っこんでいるからである。陛下はバッキンガム宮殿で車に乗り、ウィンザー城で降りたが、その間、イーヴリン・ウォーの小説の世界に入りこみ、クレタ島撤退の渦中にあるクラウチバック大尉のそばを離れることはなかった。スコットランドへ向かう機内ではトリストラム・シャンディと楽しく過ごし（時として癇に障ることもあったが）、彼に飽きたらトロロプ（アントニーのほう）が控えていた。おかげで旅のあいだじゅう素直で、要求も少なかった。女王が必ずしも昔ほど時間に正確でなくなったのは事実であり、中庭の日よけの下で車が待っていて、後部座席では公爵がいらだちを募らせているという光景がよく見られるようになった。だがようやく急いで車に乗りこむと、女王自身はけっしていらだつことはなかった。なにしろ本があるのだから。

しかし周囲の者にはそのような慰めなどなく、とりわけ侍従はいらいらして批判がましくなる一方だった。礼儀正しく、物腰は上品この上ないとはいえ、侍従とは要するに舞台監督にすぎない。敬意を払うべき時をつねにわきまえている彼（時には彼女）は、これが陛下を主役とするパフォーマンスであり、自分がその監督であることも知っている。

聴衆もしくは観衆も――女王がいるところではだれもが観衆なのだが――パフォーマンスであると知っていながら、いや、そうではないと自分に言い聞かせ、パフォーマンスであるにもかかわらず、時としてもっと「自然な」、もっと「本物の」ふるまいを——かいま見たと思いたがる。たとえば偶然耳にした発言や（いまは亡き皇太后の「ジントニックがすごく飲みたいわ」やエディンバラ公の「ろくでもない犬ども」）、女王が園遊会で腰をおろし、うれしげに靴を蹴るように脱いだ場面などである。実は言うまでもなく、こうした無防備な瞬間なるものもまた、もっとも堅苦しく構えた場面と同じくパフォーマンスなのである。このようなショーあるいは余興は、ふつうの人間ごっこと言ってもいいもので、きわめて格式張った公式行事でのふるまい同様仕組まれたものなのである。それを目撃したり、ふと耳にしたりした者は、これぞもっとも自然で人間的な女王とその家族の素顔だと思いこむかもしれないが。形式張った場面でも形式張らない場面でも、すべては侍従たちが協力しておこなう自己演出の一部であり、こうした即興らしき瞬間を除けば、一般大衆の目にはほとんど一体のものに見える。

こうした真実の瞬間、女王の「素顔」がかいま見える瞬間とされるものが前よりも減ってきたことに、侍従たちもしだいに気づくようになった。陛下は相変わらずすべての公務を勤勉にこなしていたけれども、それ以上のことはせず、いまや規定からはずれたことをするようなふりもいっさいしなくなり、即興の発言なるものもめったに出なくなった（たとえば、若い男性の胸にメダルをピンでとめながら「気をつけて、心臓に針を突き刺すのはごめんよ」と言ったりするようなものである）。このような台詞は、家に持ち帰って、招待状や特別駐車券、宮殿周辺の地図といっしょに大切にしまっておくこともできた。

最近の女王はどこかよそよそしく、笑顔で誠実そうには見えるものの、サービス精神に欠け、よくその場を盛り上げていた、いわゆる即席の脱線もまったく見られない。「出来が悪い」と侍従たちは思ったが、まさに陛下は冴えない演技を見せるようになっていた。だが、彼らはこうした欠点を指摘できる立場ではなかった。彼らもまた、このような瞬間が故意ではない自然なもので、偽りのない陛下の遊び心の発露であると見せかけようともくろむ共犯者だったからである。

叙任式のときのことだった。

「今朝は少し硬かったようですね」大胆な侍従が思いきって言ってみた。

「そう?」かつての女王ならこうしたごくやんわりした批判にも少なからず機嫌をそこねたはずだが、最近はほとんど気にしなかった。「理由はわかっているの。だってね、ジェラルド、みんなひざまずいているから、人の頭を上からつくづく眺めることになるでしょう。その位置から見ると、おそろしく感じの悪い人でもあわれに思えるの。はげの始まりが見つかったり、髪の毛が襟の上にかぶさっていたり。そういうのを見ていると、ほとんど母親のような気分になるものなのよ」

この侍従はかつて女王からこのような打ち明け話をされたことがなく、本来なら喜んでもいいはずなのに、何と答えたらいいのかわからず当惑しただけだった。これこそ彼が一度も気づいたことのない、君主の真に人間的な一面にほかならなかったが、(見せかけの人間味と違って)必ずしも喜べなかった。さらに、女王自身は、このような感情が湧いてきたのも読書の影響だろうと思ったのに対し、若い侍従は陛下が耄碌《もうろく》してきたのではないかと思った。こうして感受性の目覚めが老化の始まりと混同されたのである。

みずからは当惑を知らず、自分が引き起こす他人の当惑にも動じない女王は、以前であれば青年の狼狽にも気づかなかっただろう。だが相手がうろたえているのを認めて、今後は誰彼かまわず自分の考えを述べるのはやめようと決意した。これは多くの国民の願いにそむくことだったから、ある意味では残念なことだった。女王は打ち明け話はノートの中だけにしようと決めた。そこならだれの害にもならない。

女王は感情をあらわにすることがけっしてなかった。そのように育てられたからだが、近頃は、とりわけダイアナ妃の死後は、自分の胸にしまっておきたい感情を公にするよう求められることが増えてきた。あの頃はまだ本を読みはじめておらず、いまになってようやく、自分がおちいった苦境は自分ひとりのものではなく、特に『リア王』のコーディーリアと共通することがわかってきた。女王はノートに書きとめた。「シェイクスピアはいつも理解できるわけではないが、コーディーリアの『私には心のうちを口に出すことができません』という心情はすぐにもうなずける。彼女の苦境は私のものでもある」。

女王はノートにいろいろ書きこんでいることを他人には黙っていたが、侍従は不安を抱いていた。一、二度女王がノートに何か書いているのを見かけたことがあり、これも精神錯乱の可能性を示すものではないかと思ったのだ。いったい何を書きとめる必要があるのだろう？　前はそんなことはしていなかったから、年寄りの行動の変化というものがえてしてそうであるように、ただちに老化現象のせいにされてしまった。

「たぶんアルツハイマーだよ」別の若い侍従が言った。「書きとめておかないとだめなんじゃないか？」近頃、身だしなみに前ほど気を遣わなくなってきたこととあいまって、お付きの者たちは最悪の事態を懸念した。

女王がアルツハイマー病にかかっているのではないかというおそれは、明らかに、「人情」としても、衝撃的なことだったが、ジェラルドをはじめとする侍従たちにとっては、もっと微妙な意味で悲しむべきことだった。つねに一般人から隔離された生活を送ってきた陛下が、いまになって多数の臣民と同じようにこうしたみじめな衰弱に見舞われなければならないのが彼にはあわれに思われ、女王が衰えた場合は、アルツハイマー病などというあまりにもありふれた、冒瀆的な病名をつけられる前に、宮殿内に閉じこめ、その中では彼女に（一般に君主に対しては）より大きな行動の自由とわがままさえも許すべきではないかと思った。これはいわば三段論法といってもよかった（ジェラルドが三段論法の何たるかを知っていればだが）。すなわち、アルツハイマー病は一般的な病気である、女王は一般人ではない、したがって女王はアルツハイマー病ではない。

もちろん女王はアルツハイマー病ではなかったし、それどころか彼女の知的能力はかつてないほど研ぎ澄まされており、侍従と違って三段論法が何であるかもきっと知っていたはずである。

それに、ノートに考えを書きとめるようになったことと、時間に遅れるほうがむしろ多くなったことを除くと、この老化とは要するに何をさしていたのだろうか。それはたとえば同じブローチをくりかえしつけるとか、同じパンプスを何日も続けて履いたとかいったことだった。実をいえば、陛下はそのようなことを気にしなくなり、あるいはそれほど気にしなくなり、女王が気にしないため、お付きの者たちもやはり人間なので、前ほど気にしなくなり、以前の女王ならけっして見過ごさなかったような手抜きも見られるようになった。女王はつねに服装には細心の注意を払ってきた。自分のワードローブに何があり、どんなアクセサリーをもっているか知り尽くしており、さまざまな衣装に合わせて几帳面にあれこれ変えるのが常だった。だが、もはやそうではなかった。ふつうの女性が二週間のあいだに同じフロックを二回着ても、だらしないとか身なりに無頓着だなどと思われることはないだろう。だが女王の場合、衣装の組み合わせの変化は留め金に至るまで前もってよく考えられていたから、くりかえし着用することは、女王がみずからに課してきた礼儀の水準を急激に放棄したというしるしになった。

「陛下は何ともお思いにならないのですか」侍女は思いきって訊いてみた。

「何を?」女王の言葉は一種の返事であったが、侍女は少しも安心できず、何かがひどくおかしいと確信した。こうして侍従ばかりか女王のそばに仕える者たちも、女王の状態が長期にわたって悪化してゆくことを覚悟しはじめた。

しかし、首相は女王に毎週会っていながら、衣装の変化がたまに乏しくなることにも、イヤリングが同じことにも気づかなかった。

いつもそうだったわけではなく、就任したばかりの頃は、女王が身につけている衣装やつねに控えめな装身具などについてよくお世辞を言っていた。当時はむろん彼も今より若く、女性に対して軽く関心を示しているつもりだったが、これは緊張のあらわれでもあった。もちろん女王も若かったが、不安や緊張はなく、長年の経験から、これはほとんどの首相が通過する段階にすぎないことがわかっていたし（例外はミスター・ヒースとサッチャー夫人である）、週に一度の面会の目新しさが薄れるにつれ、そのような軽口も減ってゆくことを知っていた。

それは女王と首相をめぐる神話のもうひとつの側面だった。女王の身なりに対する首相の関心が薄れるにつれ、陛下が言うことに対する関心も低下して、女王の外見も考えも両方どうでもよくなってくる。イヤリングの有無にかかわらず、女王は時たま意見を述べながら、自分が安全のための手順を説明するスチュワーデスになったような気がした。首相の顔には、すでにその説明を聞いたことのある乗客によくある、好意的だが無関心に近い表情がうかんでいた。

だが、無関心と退屈を感じていたのは首相だけではなかった。また一段と読書に熱中するようになっていた女王も、首相との接見に時間をとられるのが腹立たしく、せっかくだから歴史などについて学んでいることと結びつけて面白くしようと考えた。

これはいい考えではなかった。首相は過去など信じていなかったし、過去の経験から引き出されるいかなる教訓も信じていなかった。ある晩、首相が中東の問題について演説していたとき、女王は思いきって言ってみた。「文明揺籃の地ですね」「またそうなるでしょうな」首相は言った。「われわれがあくまでやりぬくことができればですが」そしていきなり横道にそれ、新たに敷設した下水道管の距離と変電所の整備についての話を始めた。

女王はふたたび口をはさんだ。「それは古代の遺跡を壊すことにつながらないかしら。ウル遺跡はご存じ？」

首相は知らなかった。そこで女王は帰り際に参考になりそうな本を二、三冊見つけて渡した。翌週、あの本は読んだかと尋ねた（読んでいなかった）。

「実に興味深い本ですね」

「それならほかの本も探してさしあげるわ。本当に面白いのよ」

今回はイランの話が出たので、女王はペルシア、すなわちイランの歴史を知っているかと尋ね（首相はイランとペルシアを結びつけて考えたことさえろくになかった）、おまけにそれに関する本を渡した。その後もこういうことが続き、かつては首相が忙しい週の中での安らかなオアシスとして楽しみにしていた火曜の晩が、いまや憂鬱なものになった。しかも女王は前に渡した本について、それが宿題であるかのように質問までした。首相が読んでいないことがわかると、彼女は寛大にほほえんだ。

「これまで大勢の首相とつきあってきた経験から言うと、ミスター・マクミラン〔ハロルド・マクミラン元首相。代々出版社を経営する一族の出で、マクミラン社の経営にも参加していた〕を除くと、本は自分で読まずに人に読ませるほうが好きな人が多いんですよ」

「忙しいですからね」首相は言った。

「私も忙しいんです」女王はそう言って本に手を伸ばした。「また来週お会いしましょう」

ついにサー・ケヴィンのところに首相の特別顧問から電話が来た。

「おたくのボスのせいでうちのボスが迷惑してるんだよ」

「何だって？」

「そうだよ。本を貸して読めと言うんだ。冗談じゃない」

「陛下は本を読むのが好きなんだ」

「おれはアレをしゃぶられるのが好きだね。首相にやらせるわけじゃないけどな。どう思う、ケヴィン？」

「陛下に話してみる」

「頼むぜ、ケヴ。いいかげんにしろって言ってくれ」

サー・ケヴィンは陛下には話さなかったし、ましてやいいかげんにしろとは言わなかった。代わりに恥を忍んでサー・クロードに会いに行った。

ハンプトンコートにある、王室から無料で貸与された十七世紀の気持ちのよいコテージの小さな庭で、サー・クロード・ポリントンは読んでいた。いや、読む予定だったが、ウィンザー城の図書室から送られてきた秘密書類の箱の上で居眠りしていた。これは長年王室に仕えてきた彼に与えられた特権だった。現在、少なくとも九十歳以上になるが、表向きはまだ回想録(仮題は『神聖なる骨折り仕事』)の執筆に取り組んでいた。

サー・クロードは十八歳でパブリックスクールのハロー校を出てすぐに、ジョージ五世の小姓として王室に仕えるようになった。彼が好んで思い出すように、最初の仕事のひとつは、この短気で几帳面な王のために、多数の切手アルバムに貼る切手のヒンジをなめることだった。「私のDNAを見つけるのが難しかったら、何十冊という王室のアルバムの中にある切手の裏を調べるだけでいいんですよ」と彼はかつてBBCのアナウンサー、スー・ローリーに打ち明けた。「特に、そう、タンヌ・トゥヴァ切手をね。陛下は陳腐でありふれているとさえお考えだったが、それでも収集しなければならないと思っていらした。実に陛下らしい……生真面目すぎる」そう言ってから、名高いボーイソプラノのマスター・アーネスト・ロウが歌う「鳩のように飛べたなら」(メンデルスゾーン)のレコードを選んだ。

サー・クロードの小さな応接間では、彼がこの上なく忠実にお仕えした数々の王族の写真が額に入れられ、ありとあらゆる面を埋め尽くしていた。こちらにはアスコット競馬場で国王の双眼鏡を持っている彼の姿があり、国王が遠くにいる牡鹿に銃の狙いを定めているそばで、ヒースの茂みの中にしゃがんでいる彼の姿があった。そちらではハロゲットの骨董品店から出てくるメアリー王妃の列の最後にいて、若きポリントンの顔はウェッジウッドの花瓶の包みに隠れている。不運な骨董屋はしぶしぶこの花瓶を王妃に献上するはめになった。さらにまたこちらでは、縞模様のジャージーを着て、エドワード八世の一行があの運命の地中海旅行に出るヨット「ナフリン号」に乗りこむ手伝いをしており、ヨット帽をかぶったシンプソン夫人も写っている——ちなみにこの写真はいつも出ているわけではなく、以前よくあったように、エリザベス皇太后がお茶に立ち寄った際にはけっして見せないようにしていた。

王室に関することで、サー・クロードが内情を知らないことはほとんどなかった。ジョージ五世に仕えたあと、短期間エドワード八世のところにいたが、やがてすんなりと、その弟であるジョージ六世に仕えることになった。王室のさまざまな部署で務めを果たし、最後には女王の個人秘書になった。ずいぶん前に引退してからも、よくアドバイスを求められた。サー・クロードは支配層がよく使うほめ言葉「安心して仕事をまかせられる人間」を絵に描いたような人物だったのである。

だが、いまや彼の手は震え、以前ほど衛生面にも気を配らなくなったため、かぐわしい庭でいっしょにすわっていても、サー・ケヴィンは息を止めなければならなかった。

「中に入ろうか」サー・クロードは尋ねた。「お茶も出せるし」

「いやいや、ここのほうがいいでしょう」サー・ケヴィンはあわてて言った。

彼は問題を説明した。

「読書?」サー・クロードは言った。「何が悪いんだね? 陛下は同じ名前のエリザベス一世に似ておられる。あの方も熱心な読書家だった。もちろん、当時は本の数だってずっと少なかったがね。それにエリザベス皇太后も本がお好きだった。メアリー王妃はもちろん違う。ジョージ五世もね。あの方は切手収集に凝っておられた。私はそこから仕事を始めたんだよ。切手のヒンジをなめたんだ」

サー・クロードよりさらに年をとった人物がお茶を持ってきた。サー・ケヴィンは慎重にカップについだ。

「陛下はあなたにたいへん好意をもっておられる」

「私も陛下が大好きですよ」老人は言った。「あの方がまだ小さかった頃から陛下のとりこだった。一生涯ね」

それは輝かしい功績に恵まれた生涯でもあった。悪くない戦争があり、若きポリントンは武勇に対して数々の勲章や褒賞を授与され、最終的には参謀幕僚のために働いた。

「私は三人の王妃《クィーン》と女王にお仕えして、全員とうまくやってきた。ただひとりうまくやっていけなかったオカマ《クィーン》はモンゴメリー元帥だな」と言うのが好きだった。

「陛下はあなたの言うことならお聞きになるでしょう」このスポンジケーキは大丈夫なのだろうかといぶかりながらサー・ケヴィンは言った。

「そうならうれしいがね」サー・クロードは答えた。「でも何を言うことがあるんだね？　本を読む。いや、まったく好奇心が強い。どんどん読めばいいじゃないか」

サー・ケヴィンはケーキのフロスティングだとばかり思っていたものが実は黴であることにかろうじて気づき、手のひらにケーキを隠してなんとかブリーフケースに押しこんだ。

「女王としての義務を忘れないように注意することならできるのではないでしょうか」

「陛下にそんなことを申し上げる必要は一度だってなかった。私に言わせれば義務が多すぎるくらいだよ。ちょっと考えさせてくれないか……」

老人がじっくり考えているあいだ、サー・ケヴィンは待っていた。

しばらくしてサー・クロードが眠っているのに気づき、わざと音をたてて立ち上がった。

「行ってみよう」サー・クロードは言った。「このところ遠出もしなくなってね。車をよこしてくれるかね?」

「もちろんです」サー・ケヴィンはそう言って握手をした。「どうぞそのままで」

サー・クロードは帰って行くサー・ケヴィンを呼び止めた。

「きみが例のニュージーランドの人だね?」

「サー・クロードには庭でお会いになるのがよろしいかと存じます」侍従が言った。

「庭で？」

「はい、外で。新鮮な空気の中で」

女王は侍従を見た。「臭うということ？」

「どうもかなり臭うようです」

「かわいそうに」みんな私が何も知らないと考えているのだろうかと時々思うことがあった。「いいえ。ここに呼んで」

ただし、侍従が窓を開けましょうかと提案したときには反対はしなかった。

「何の用かしら」

「存じません」

サー・クロードが二本の杖をついて入ってきた。ドアのところでお辞儀をし、陛下が手を差し出し、すわるように促すと、またお辞儀をした。女王は優しくほほえんだままで、態度にも変化はあらわれなかったが、侍従が言っていたことは誇張ではなかった。

「お元気？　サー・クロード」

「おかげさまで。陛下はいかがですか」

「ええ、元気よ」

女王は相手が口を切るのを待ったが、サー・クロードは骨の髄まで廷臣であったので、促されもせずに話を始めるような不作法なまねはできず、やはり待っていた。

「今日は何のご用？」

サー・クロードが用件を思い出そうとしているあいだに、女王は彼のコートの襟の下にふけが薄く積もり、ネクタイには卵のしみがつき、垂れた大きな耳の穴には垢がたまっているのに気づいた。昔だったらこのような欠点には気づかなかったはずだが、なぜかいまは目に飛びこんできて、心が揺さぶられ、胸の痛みさえおぼえた。かわいそうに。第二次大戦中は激戦地のトブルクでも戦った人なのに。書いておかなければ。

「読書ですよ」

「何ですって」

「陛下は読書を始められたそうで」

「違うわ、サー・クロード。前から読んではいたの。ただ最近になって読む量が増えたのよ」

いまや女王には彼が来た理由とそれを仕組んだ者の正体が見えてきた。彼女の半生に立ち会ってきたこの老人は、ひたすら気の毒な存在から彼女を迫害する側の一員になった。同情は吹き飛び、女王は落ちつきを取り戻した。

「本を読むのは何も悪いことではありません」

「それを聞いてほっとしたわ」

「やりすぎが問題なんです。そうすると困ったことになる」

「読書を控えめにしたほうがいいということ？」

「陛下は実に模範的な生活を送ってこられました。たまたま読書がお気に召しただけでしょう。何であれ同じように熱中すれば、顰蹙《ひんしゅく》を買うことになったはずです」

「そうかもしれないわね。でも私はこれまで人の顰蹙を買うことなく生きてきたのよ。それはたいして自慢できることでもないような気が時々するの」

「陛下はずっと競馬がお好きでしたな」

「そうね。いまはやっていないけど」

「おや、それは残念ですな」サー・クロードは競馬と読書をつなげられそうなものを思いついた。「皇太后様はディック・フランシスの大ファンでしたね」

「そうね。私も一、二冊読んだわ。そこまでだったけど。スウィフトは馬について書くとすばらしいのよ」

サー・クロードは重々しくうなずいた。スウィフトを読んだことがないので、この線ではうまくいかないのがわかった。

二人はしばし黙ってすわっていたが、サー・クロードが眠りこんでしまうにはそれで充分だった。女王はめったにこうした場面に遭遇したことがなく、遭遇した場合には（たとえば何かの式典で隣にすわった閣僚が居眠りした場合など）素早く容赦のない反応を見せた。女王自身もよく眠たくなることがあったが（仕事があるのでその誘惑には負けなかったが）、今回は老人を起こさずにじっと待ち、苦しげな息づかいに耳をかたむけ、このような老いの衰弱がわが身にも降りかかり、耄碌するまであとどのくらいあるだろうと思った。サー・クロードはあるメッセージを持ってやってきた。女王にはそれがわかっていたし、憤慨してもいたが、ひょっとすると彼自身がひとつのメッセージ、憂鬱な将来の予兆なのかもしれなかった。

女王は自分のノートを机から取り、床に落とした。サー・クロードは女王がたったいますばらしいことを言ったかのようにうなずき、ほほえみながら目を開けた。

「あなたの回想録は？」女王が訊いた。サー・クロードの回想録は執筆にあまりにも長い年月がかかっているため、王室内で冗談の種になっていた。「どこまで進んだの？」

「いや、続けて書いているわけじゃないんです。毎日少しずつ」

むろん本当は書いてなどいなかったし、こう言ったのは、女王のさらなる追及をかわすためにすぎなかった。「陛下はものを書こうとお考えになったことはありますか」

「ないわ」女王は答えたが、これは嘘だった。「どこにそんな時間があるの？」

「本を読む暇はおありになるようですが」

これは一種の非難であり、女王は非難されるのが好きではなかったが、いまは目をつぶることにした。

「何を書けばいいの？」

「陛下は実に興味深い人生を送ってこられました」

「そうね。確かに」

実はサー・クロードの頭には、女王が何を書くべきか、あるいはそもそも何かを書くべきかどうかなどという考えはこれっぽっちもなく、彼女に読書をやめさせるために、何か書いたらどうかと勧めただけだった。彼の経験では書き物はめったに仕上がることがないからだ。袋小路のようなものだ。サー・クロードは二十年も回想録を執筆中だが、五十ページも書いていなかった。

「そうですとも」彼はきっぱりと言った。「陛下はお書きになるべきです。ひとつコツをお教えしましょうか？　最初から書かないこと。私はそれで失敗しました。真ん中から書くことです。年代順に書こうとするとちっとも進まないんです」

「お話はそれだけかしら？　サー・クロード」

女王は満面の笑みを見せた。面会は終わりだ。このメッセージをどうやって伝えているのか、サー・クロードにはいつも謎だったが、ベルを鳴らしたかのように歴然としていた。侍従がドアを開け、サー・クロードは苦労して立ち上がると、お辞儀をし、ドアのところでふりかえってまた頭を下げ、二本の杖を使ってのろのろと、重い足取りで去っていった。片方の杖は皇太后からの贈りものだった。

部屋に戻った女王は窓を広く開け、庭からの風を入れた。侍従が戻ってくると、女王は眉を上げて見せながら、サー・クロードがすわっていた椅子を示した――見るとサテンの上にしみがついていた。若い侍従は黙って椅子を運び去り、女王は庭に出るために本とカーディガンをとった。

侍従が別の椅子を持って戻ってきたときには、女王はテラスに出ていた。彼は椅子を置き、慣れた手つきで素早く部屋を整えたが、その際に女王のノートが床に落ちているのに気づいた。ノートを拾い、机の上に置く前に、女王がいないすきに中をのぞいてみようかとふと思った。だが、その瞬間、陛下が戸口にあらわれた。

「ありがとう、ジェラルド」と言って、手を差し出す。

彼はノートを渡し、女王は出ていった。

「くそっ」ジェラルドは言った。「くそっ、くそっ、くそっ」

こうして自分を責めたのはまんざら筋違いでもなかった。それから何日もしないうちに、ジェラルドはもはや陛下の侍従ではなくなり、王室からも姿を消し、ろくに憶えていないかつての連隊に戻って、雨のなか、ノーサンバランドの荒野を重装備で行軍していた。チューダー朝の首切り並みの素早く容赦のない処置は、サー・ケヴィンお得意の言い方を借りれば、正しいメッセージを送り、少なくとも女王が耄碌したという噂がそれ以上広がるのを食い止めることになった。陛下はふたたびもとどおりになったのだ。

サー・クロードの言葉などどうでもよかったが、それでいて陛下は、彼から言われたことについて考えている自分に気づいた。ロイヤル・アルバート・ホールで女王をたたえる特別なプロムナード・コンサートが開かれた晩のことだった。それまで彼女にとって音楽は大きな慰めを与えてくれるものではなく、つねに義務の色あいを帯び、出席する必要のあるこの種のコンサートでおなじみのレパートリーと結びついていた。だが、この夜は音楽がいつもより語りかけてくるように思えた。

少年がクラリネットを演奏するのを聞きながら、これは声だ、と女王は思った。モーツァルトの声、二百年も前に死んだのに、ホールにいるだれもが彼のものとわかる声だ。フォースターの『ハワーズ・エンド』の中で、ヘレン・シュレーゲルがクィーンズ・ホールのコンサートでベートーヴェンの曲を聞き、さまざまな情景を思い描いていたのを思い出した。

　少年の演奏が終わると、聴衆は喝采し、女王も拍手をしながら、感動を伝えようとするかのように連れのひとりのほうに身を乗り出した。だが彼女が言いたかったのは、私は年をとっているけれど、それに世間では有名だけれど、だれも私の声を知らない、ということだった。帰りの車内で女王は唐突に言った。「私には声がないわ」

「無理もない」公爵が答えた。「ばかに暑いからな。のどだろう?」

　その夜はひどく蒸し暑く、女王はめずらしく未明に目覚めて眠れなくなった。庭にいた警官は明かりがついたのを見て、念のために携帯電話の電源を入れた。

　その日はちょうどブロンテ姉妹に関する本を、彼女たちが子どもの頃どんなにつらい目にあったかという話を読んでいたが、それを読むとますます眠れなくなりそうなので、ほかの本を探していたら、本棚の隅にアイヴィ・コンプトン＝バーネットの本があった。ずっと前に移動図書館から借り、ミスター・ハッチングズからもらったあの本だ。読み進めるのに骨が折れ、途中で眠ってしまいそうになった記憶があるくらいだから、今度もうまくいくかもしれない。

眠れるどころではなかった。かつては退屈に思えた小説が、いま読むと小気味いいほどきびきびしているように感じられた。そっけないのは相変わらずだが、そこには辛辣さがあり、デイム・アイヴィの生真面目な口調は女王自身に似ていて安心できた。読書にも一種の筋力が必要であり、その力がいつの間にかついていたのだろうと女王は思った（翌日、ノートに書きとめた）。今回はこの小説を苦もなく、大いに楽しんで読むことができたし、以前は気づきもしなかった言葉（ジョークでも何でもない言葉）にも声を上げて笑った。全体を通じて聞こえるのは、アイヴィ・コンプトン゠バーネットの声、感傷とはほど遠く、厳しくも思慮深い声だった。晩にモーツァルトの声を聞いたのと同じくらいはっきりと彼女の声が聞こえてきた。女王は本を閉じ、もう一度声に出して言った。「私には声がない」

こうしたすべてを記録している西ロンドンの某所では、無表情に文字に起こしていたタイピストが、おかしなことを言うものだと思い、それに答えるかのようにつぶやいた。「あなたにないとしたら、ほかのだれにあるのかしら」

バッキンガム宮殿では、少しして女王が明かりを消し、外のキササゲの木の下では、明かりが消えたのを見て警官も携帯電話の電源を切った。

闇の中で女王はふと思った。私が死んだら人々の記憶の中にしか残らない。だれにも服従したことのないこの私が、他のすべての人と同じになる。本を読んでもそれを変えることはできないが――書くことで変えることならできるかもしれない。

読書によって人生が豊かになったかと訊かれれば、間違いなくそのとおりだと答えなければなるまいが、同時に、読書が彼女の人生からあらゆる目的を奪ったのも同じくらい確実なことだった。かつて彼女はみずからの義務を心得て、それをできるかぎり長く果たしつづけようと一心に取り組む、自信に満ちたひたむきな女性だった。しかし、いまでは絶えず迷っている。読書は行動ではない、それがずっと問題だった。年老いたとはいえ、彼女はいまでも行動派だった。

女王はふたたび明かりをつけ、ノートを取って書きとめた。「自分の人生を本にするのではない、本を書くなかで人生を見つけるのだ」。

そして眠りについた。

その後、数週間にわたり、陛下の読書時間は目に見えて減った。女王は物思いにふけり、うわの空にさえなっていたが、読んでいる本のことを考えているせいではなかった。どこに行くにも本を持ってゆくようなこともなくなり、机の上に積み上がっていた本の山は本棚にしまうか図書室に返され、そうでなければあちこちに散っていった。

しかし、本を読んでいるといないとにかかわらず、女王はいまでも机に長時間すわり、時には自分のノートを見ていたし、そこに何か書いていることもあった。自分の中ではっきりと言葉にしたわけではなかったが、ものを書くことは読書よりさらに周囲から歓迎されないとわかっていた。だれかがドアをノックすると、女王は即座にノートを机の引き出しにしまってから「どうぞ」と言った。

だが、何かを書きとめると、ノートに一言書きこむだけでも、かつて読書をしたあとに感じたような満足をおぼえるのに気づいた。そして、自分はただの読者ではいたくないのだとあらためて思った。読者は観客に近いが、何かを書くのは行動であり、行動こそが彼女の務めだった。

図書室、とりわけウィンザー城の図書室にはよく通い、自分の古い卓上日記や、数えきれないほどの訪問の記録を収めたアルバム、つまりみずからの記録資料に目を通した。

「何か特にお探しのものがございますか?」さらに資料の束を持ってきた司書が尋ねた。

「特にないの」女王は答えた。「どんなだったか思い出そうとしているだけなの。いつのことかははっきりしないのだけど」

「そうですか、思い出されたらお知らせください。あるいは書きとめておいていただけると助かります。陛下は生ける歴史資料ですから」

女王はもっとうまい言い方があるだろうにと思ったが、彼の言いたいことはわかったし、ここにも私に書けと勧めている人がいるわ、とも考えた。書くのがほとんど義務のようになってきたが、義務を果たすのは前から得意だった（読書を始めるまでの話だが）。とはいえ、書くように勧められるのとそれを発表するように勧められるのは別の話であり、いまのところ後者を勧める者はだれもいなかった。

机から本が消え、陛下がふたたび何かに気をとられつつあるのは、サー・ケヴィンにとっても、王室の関係者にとっても歓迎すべきことだった。時間に遅れる傾向は直らなかったし、衣装は相変わらず少々気まぐれだったのは事実である（「あのカーディガンは禁止したいわ」と侍女は言った）。だが、サー・ケヴィンもみなと同じく、こうした欠点はまだ直らないにせよ、陛下は読書熱から覚めていつもの陛下に戻ったのだという印象を受けた。

その秋、女王は何日かサンドリンガム離宮に滞在した。ノーフォーク州の州都ノリッジを訪問する予定があったからだ。大聖堂で礼拝に出席して、歩行者天国の場所を歩いて庶民と接し、大学での昼食会の前に、新しい消防署の落成式に出た。

副総長と創作科の教授のあいだにすわっていた女王は、見覚えのある骨ばった手首と赤っぽい手が肩越しににゅっとあらわれ、エビのカクテルを差し出したのを見ていささか驚いた。

「あら、ノーマン」

「陛下」ノーマンは礼儀正しく答え、州統監にも慣れた手つきでエビのカクテルを出すと、そのまま給仕の仕事を続けながら遠ざかっていった。

「陛下はシーキンズをご存じなんですか」創作科の教授が訊いた。

「ええ、前はね」女王は答えた。ノーマンがちっとも出世しておらず、また厨房で（宮殿の厨房ではないとしても）働いている様子なのが少し悲しかった。

「食事の給仕ができれば学生たちも喜ぶだろうと考えたんですよ。もちろん報酬は払いますし、何事も経験ですからね」副総長が言った。

「シーキンズは将来が実に楽しみです。最近卒業したばかりなんですが、すばらしい成果をあげた学生のひとりですよ」教授は言った。

女王が明るくほほえんで見せたのに、牛肉のパイ皮包み焼きを持ってきたノーマンはかたくなに目を合わせようとせず、デザートの洋梨のチョコレートソースがけ《ポワール・ベル・エレーヌ》でもその調子だったので、彼女は少しむっとした。やがて、何らかの理由でノーマンはすねているのではないかと思い至った。このようなふるまいは、子どもと、たまに閣僚に見られる以外はほとんど経験したことがなかった。女王に対して臣民がめったにむくれたりしないのは、そもそもそんなことをする権利がないからであり、昔であればロンドン塔に送られてもおかしくなかった。

数年前なら、ノーマンであれ他のだれであれ、他人のふるまいの変化になどいっさい気づかなかっただろう。いまになって気がつくようになったのは、前よりも人の心がわかり、他人の身になってみることができるようになったからだ。もっとも、彼がそんなにふくれている理由はやはりわからなかった。

「本というものはすばらしいですわね」女王が話しかけると、副総長は同意した。

「ステーキではありませんが、本は人をやわらかくしますね」

副総長はふたたび同意したが、彼女が何のことを言っているのかわかっていなかった。

女王は隣の教授のほうを向いた。「創作科の教授としてどうお考えになりますか。

読書は人をやわらかくして、書くことは逆の効果をもたらすといっていいでしょうか。ものを書くためには強くなる必要があるのではないかしら？」教授は自分の専門が話題になっているのを知って驚き、一瞬、当惑した。女王は返事を待った。「そのとおりだと言ってちょうだい」と言いたかった。だが、そこで州統監が彼女の世話を焼こうと立ち上がったため、みなざわざわ立ち上がった。だれも教えてくれないんだわ、と女王は思った。読むだけでなく書くほうも、ひとりでやるしかなさそうだった。

必ずしもそうとは限らなかった。その後、女王はノーマンを呼び出した。彼女の遅刻癖はいまや有名だが、スケジュールを組む上で計算に入っていたので、彼から大学での経歴や、そもそもイースト・アングリア大学に来るに至った経緯などを三十分ほど聞いた。翌日、ノーマンがサンドリンガムに来ることが決まり、女王はすでに文章を書きはじめているノーマンがもう一度力を貸してくれるかもしれないと思った。

その一方で、女王はその日のうちに別の人間の首を切った。サー・ケヴィンが朝、自分の部屋に入ると、机がなくなっていた。ノーマンが大学に行ったのは好都合なことであったとはいえ、陛下はだまされるのが好きではなかった。真犯人は首相の特別顧問なのに、サー・ケヴィンが責任をかぶるはめになったのである。昔であれば断頭台に送られていたところだが、現代ではニュージーランドへ帰る航空券と高等弁務官の職で済んだ。これも一種の断頭台には違いないが、ただ本物の断頭台よりも長い時間がかかるだけの話だった。

自分でもいささか驚いたことに、女王はその年、八十歳になった。このような誕生日がだれにも気づかれずに過ぎるはずもなく、さまざまなお祝いが計画され、なかには陛下のお気に召すものもあった。女王の顧問たちは、ともすれば陛下の誕生日を、飽きっぽい大衆のご機嫌をとり、君主制を売りこむさらなる機会ととらえがちだった。

そんなわけで、女王が自分でもパーティを開き、長年にわたって陛下に助言するという栄誉を担ってきた人々を一堂に集めてみようと考えたのは、なんら驚くべきことではなかった。それは事実上、枢密院のためのパーティだった。枢密顧問官に任命されると終生その職にあるため、枢密院はまとまりの悪い大所帯の組織になり、全体が一堂に会することは、何か重大な機会でもないかぎり、めったにない。

しかし、全員をお茶会に招いてはいけない法はないだろうと女王は考えた。お茶会といっても本格的なお茶会で、ハム、タン、カラシナのサラダ、スコーン、ケーキ、さらにはトライフルまでふるまうものだ。晩餐会よりずっといいし、はるかにくつろいだ会になるはずだと思った。

招待客には正装を求めなかったが、陛下自身は昔のように一分の隙もなく身なりを整えていた。集まった人々を見渡し、それにしても長年にわたって、なんと多くの助言を受けてきたのだろうと女王は思った。陛下に助言をしてきた人の数が多すぎて、宮殿でもっとも広い部屋のひとつでなければ入りきれず、その部屋に続くふたつの客間には贅沢な軽食がずらりと並んでいた。女王は他の王族を連れずに、招待客のあいだを楽しげに歩きまわっていた。王室のメンバーの多くは枢密顧問官でもあったが、ここには招待されなかった。「ふだんさんざん会っていますからね」と女王は言った。「でもあなた方全員と一度に会うことはまずないし、私が死なないかぎり、あなた方がお互いに顔を合わせる機会もないでしょう。トライフルはいかが。とってもおいしいのよ」女王がこれほど上機嫌なのはめずらしかった。

ちゃんとしたお茶会ということで、予想よりはるかに大勢の枢密顧問官が詰めかけた。晩餐会は重荷だがお茶会は楽しみだ。あまりにも出席者の数が多くて椅子が足りなくなり、全員をすわらせるために職員があちこち走り回るはめになったが、これはこれでお楽しみの一部になった。いつもの金色のパーティ用の椅子にすわれた者もいるが、おそろしく貴重なルイ十五世様式のベルジェールと呼ばれる安楽椅子や、玄関広間から持ってきたモノグラム入りのホールチェアにおさまった者もおり、元大法官などはバスルームから持ってきた、座面がコルク張りの小さなスツールにちょこんと腰かけることになった。

女王はこうしたすべてを落ちついて見守っており、正式な玉座というわけではないものの、だれよりも大きな椅子に腰をおろしていた。持ってきた紅茶を飲んでおしゃべりしているうちに、ようやくみなくつろいできた。

「長年にわたっていろいろ助言を受けてきたのはわかっていたけれど、これほどたくさんとは知らなかったわ。すごい数ね！」

「全員で『ハッピー・バースデー』を歌いましょうか！」当然のごとく最前列に

陣取っていた首相が言った。

「まあ落ちつきましょうよ」陛下は言った。「確かに八十にはなりましたし、これは誕生パーティのようなものですけど、いったい何を祝うことがあるのかよくわからないんですよ。ひとつ言えることがあるとすれば、少なくとも死んでもだれも驚かない年になったということかしら」

礼儀正しい笑い声が湧き起こり、女王自身もほほえんだ。「『そんなことはない』という声がもっとあってもよさそうなものじゃないかしら」

そこでだれかが言われたとおりにすると、さらに満足げな笑いが起こった。この国最高の貴顕紳士たちが、この国でもっとも身分の高い人物にからかわれる喜びを味わっていた。

「みなさんご存じのように、私は長いこと王位にあります。五十年以上のあいだに十人の首相と六人のカンタベリー大主教と八人の議長を見てきて——見送ったとは言いませんが——（笑い）——それから、比較にならないと思われるかもしれませんけど、五十三匹にのぼる歴代のコーギーと暮らしてきて——『真面目が肝心』

のブラックネル夫人の言葉を借りれば、盛りだくさんの人生でした」

聴衆は気楽な笑顔をうかべながら、時おりくすくす笑っていた。なんとなく学校——それも小学校のようだった。

「もちろん、それはいまも続いていて、毎週のように何かしら重要な出来事が、スキャンダルや隠蔽工作、戦争までもが起こっています。今日は私の誕生日ですから、みなさん間違ってもいやな顔をなさってはだめよ」——（首相は天井を凝視し、内務大臣は絨毯を見つめていた）——「長く見てきたからわかりますけど、昔からずっとそうだったんです。人間、八十にもなると新しいことは起こらなくなる。前にあったことがまた起こるだけです。

「でも、ご存じの方もいらっしゃるでしょうけど、私は何かを無駄にするのが嫌いなたちでしてね。バッキンガム宮殿の中で明かりを消してまわる性癖があるというのはまんざらでたらめでもないんですよ。要するにケチということかもしれませんけど、昨今は地球温暖化を意識してというふうに見てもらったほうがいいかしらね。でも無駄が嫌いといえば、私の経験すべてについても忘れるわけにはいきません。多くは私にしかできない経験でしたし、傍観者にすぎないにしても、さまざまな出来事を間近で見てきた人生の成果です。そうした経験のほとんどは」――ここで完璧にセットした頭を指でたたく――「ほとんどはここに入っています。私としてはこれを無駄にしたくないのです。それではこれはどうなるのでしょうか?」

首相は何か言おうとするかのように口を開け、椅子から腰を浮かした。

「これは修辞的疑問です」

女王が言うと、首相はどさりと腰をおろした。

「ご存じの方もいらっしゃるでしょうが、ここ何年か私は熱心に本を読むようになりました。本は思いもかけないかたちで私の人生を豊かにしてくれました。でも本がしてくれるのはそこまでで、いま私は、読む人間から書く人間になる、あるいはなろうとする時期が来たと思っているんです」

首相がまたもぞもぞしていたので、女王は、歴代の首相もみなこうだったと思い起こしながら、寛大に発言権を譲った。

「陛下、本ですか。なるほど、なるほど。子ども時代の思い出や、戦争、宮殿への爆撃、空軍婦人補助部隊《WAAF》での経験」

「婦人国防軍《ATS》です」女王は訂正した。

「いずれにせよ軍隊ですね」首相はなおもまくしたてた。「それからご結婚、劇的な状況で女王となられたこと。実にセンセーショナルです。しかもベストセラーになるのは確実です」とうれしげに笑う。

「世界的ベストセラーですよ。世界中で売れますよ」内務大臣が叫んだ。

「そうでしょうね」女王は言った。「ただ」――とこの瞬間を楽しみながら言う――「私が考えているのはそういう種類の本ではありません。そういう本はだれでも書けるし、現に何人もの人が書いています――どれも私に言わせれば退屈きわまりない本ばかり。いいえ、私が考えているのは別の種類の本です」

首相は少しもめげずに、両方の眉を上げ、礼儀正しく関心を示してみせた。ひょっとすると旅の本かもしれない。よく売れるからな。

女王は椅子に腰を落ちつけた。「私が考えているのは、もっとラディカルなもの、もっと……やりがいのあるものです」

「ラディカル」と「やりがいのある」はいずれも首相がよく口にする言葉だったので、彼はまだ何の不安も感じていなかった。

「プルーストを読んだことのある方はいるかしら？」女王は一同に向かって訊いた。

耳の遠いだれかが「だれ？」とささやき、何人かが手を挙げたが、その中に首相がいないのを見て、若い閣僚のひとりは手を挙げようとしてやめた。正直に挙げたらあとでまずいことになると思ったからだ。

女王は挙がった手を数えた。「八、九――十」ほとんどは昔の内閣の生き残りだった。「まあ、いいほうかしらね、別に意外ではなかったけれど。ミスター・マクミランの内閣のときに同じ質問をしたら、彼も含めて、きっと十人以上が手を挙げたでしょう。でもそれは公平とはいえないわね、その頃は私も読んでいなかったんですから」

「トロロプなら読みました」元外務大臣が言った。

「それはうれしいわ。でもトロロプはプルーストとは別です」女王の言葉に、どちらも読んだことのない内務大臣が物知り顔にうなずいた。

「プルーストは大長編なんですよ。水上スキー三昧で過ごすのでなければ、夏休みに読み通せるでしょうけどね。小説の最後で、語り手のマルセルは、たいしたことのなかった人生をふりかえって、小説を書くことで人生を取り戻そうと決意します——それがまさにこの小説なのです。そしてその過程で、記憶と追想の秘密を解き明かしてゆくのです。

「私の人生は、マルセルと違って、われながら盛りだくさんでしたが、それでも彼のように人生を分析して、じっくり内省することで、それを取り戻す必要があるような気がするのです」

「分析？」首相が訊いた。

「そして内省」と女王。

下院で確実に受ける冗談を思いついた内務大臣が思いきって口に出してみた。

「陛下は何かを本で読んだから、その話を書こうと思われたということですか？ おまけにフランスの本？ ハッハッハ」

それに応えて一人か二人嘲笑う者がいたが、女王はそれが冗談とは気づかない様子だった（実際、冗談にもなっていなかった）。「内務大臣、それは違います。ご存じのように、本というものが行動のきっかけになることはめったにありません。たいていは、ひょっとすると自分でも気づかないうちにしていた決意に裏づけを与えるだけなのです。本に向かうのは自分の確信を裏づけるためです。本はいわばけりをつけてくれるのです」

はるか昔に政府の仕事から退いた顧問官の一部は、これはあの頃の女王ではないぞと思い、興味をそそられた。だが、大多数は女王の言っていることがさっぱりわからず、きまり悪そうに黙ってすわっていた。それは彼女にもわかっていた。「みなさんとまどっておいでのようね」女王は落ちついて続けた。「でもきっとみなさんもご自分のお仕事でご存じのはずよ」

ふたたび学校のような雰囲気になり、女王が教師となった。「すでに決めたことについて証拠調べをするのが、あらゆる公的調査の非公式の前提ではなくて？」

最年少の閣僚が笑い声をあげ、たちまち後悔した。首相は笑っていなかった。女王がこの調子で書くつもりなら、何を言い出すかわかったものではない。「でも口述するだけになさったほうがいいんじゃないでしょうか」首相は弱々しく言った。

「いいえ、安直な思い出話などに興味はありません。もっとじっくり考えたものにしたいのです。それは思いやりがあるという意味ではありませんけどね。冗談です」

だれも笑おうとせず、首相の笑顔は引きつっていた。

「文学の領域に入りこむかもしれないわね」女王は楽しげに言った。

「陛下は文学を超えた存在だと思っておりましたが」首相が言った。

「文学を超えた？　文学を超えた人間なんていません。それは私が人間を超えた存在だと言うようなものですよ。でも、私は特に文学的なものをめざしているわけではなくて、まず分析し、じっくり考えたいのです。これまでの十人の首相はどうだったたか？」女王は晴れやかな笑顔を見せた。「それだけでも考えることはたっぷりあります。この国が思い出したくもないほどくりかえし戦争に突き進むのを私は見てきました。それについても考えてみる必要がありますね」

女王はまだほほえんでいたが、だれもそれに倣う者はおらず、心配の種が少ないのはもっとも高齢の顧問官ぐらいだった。

「私はこれまでに大勢の国家元首に会い、さらには彼らをもてなしてきましたが、なかにはとんでもないいかさま師や悪党もいて、夫人も似たようなものでした」少なくともこれには何人かが浮かぬ顔でうなずいた。

「白い手袋をはめた私の手を、血塗られた手に与えたこともあれば、みずから子どもたちを殺戮した男たちと礼儀正しく話を交わしたこともあります。私は汚物と血糊のなかをくぐりぬけてきました。女王に必要不可欠な装備は、腿まである長靴なのではないかとよく思ったものです。

「私はよく常識に富んでいると言われますけど、裏を返せば、それ以外のものはたいしてもっていないということで、そのせいでしょうか、歴代の政府の要請に応じて、無分別な、往々にして恥ずべき決定に、消極的ながらも関わらざるをえなかったのです。時おり、自分が体制の香りづけのために、あるいは政策の臭いを飛ばすために送りこまれた香りつき蠟燭のような気がしたものです——近頃の君主制は政府支給の脱臭剤にすぎないのではないかしら。

「私は女王であり、イギリス連邦の元首ですが、この五十年のあいだには、そのことに誇りよりも恥を感じざるをえないような出来事が数多くありました。でも」――と言って立ち上がる――「優先順位を忘れてはいけないわね。なにしろ今日はパーティですから、話を続ける前にまずシャンパンを飲みましょうか」

とびきり上等のシャンパンだったが、配ってまわっている小姓のひとりがノーマンであることに気づいた首相は、すっかり飲む気がしなくなり、そっと抜け出してトイレに行くと、携帯電話で法務長官と連絡をとった。法務長官は首相を安心させるためにあれこれ法的な助言をし、勇気を得た首相は他の閣僚にもそれを知らせることができたので、陛下が部屋に戻ったときには、すっかり立ち直った一団が待ち受けていた。

「陛下がおっしゃったことについて話していたところなんですよ」首相が口を切った。

「ちょうどよかったわ。私のほうもまだ話が終わってなかったんですよ。私が書こうとしているのが――実はもう書きだしているものが――宮殿生活の内幕を暴露するといったような、タブロイド好みの安っぽいばかげた本だと思ってほしくないんです。そうではないの。これまで本を書いたことはなかったけれど、私の本は」――そこで一息ついて――「周囲の状況を越えて、それ自体で独立した、同時代の歴史とはあまり関係のない本にしたいのです。それに、政治や私の人生の出来事ばかり書くつもりなんてさらさらないと聞けば、みなさんほっとなさるかもしれませんね。本についても、出会った人々についても語りたいのです。でもゴシップではありませんよ。ゴシップは好みじゃありませんからね。いわば遠回しな本です。E・M・フォースターだと思うけれど、こんな言葉があります。『真実を残らず語りなさい、ただし斜めに語りなさい。成功は回り道にある』――それともエミリー・ディキンスンだったかしら?」女王は一同に向かって尋ねた。

当然のことながら、だれも答えなかった。

「でもしゃべってしまってはだめなのです。さもないと一生書かずに終わってしまいますからね」

大方の人間は本を書きたいと言っていても結局書かずに終わるものだが、人並み外れて義務感の強い女王のことだから、やってのけるのは確実だと思うと、首相はちっとも安心できなかった。

「それであなたのほうのお話は?」女王は楽しげに首相のほうを向いた。

首相は立ち上がった。「陛下のお考えはもちろん尊重いたしますが」――と打ち解けた、愛想のいい口調で言う――「陛下は特別な立場にいらっしゃることを忘れていただいては困ります」

「そうそう忘れられるものではありません」女王は答えた。「どうぞ続きを」

「確か君主が本を出したことはないと思いますが」

女王は首相に向かって人差し指を左右に振り、そういえばこの仕種はノエル・カワードの癖だったと思い出した。「首相、そうでもありませんよ。たとえば私の先祖のヘンリー八世は本を書いています。異端を批判する本をね。それで私はいままでも『信仰の擁護者』と呼ばれているのです。それに私が名前をもらったエリザベス一世も書きました」

首相はすぐに反論しようとした。

「ええ、同じではないのは知っています。でも私の曾祖母のヴィクトリア女王も『ハイランドの日記より』という本を書いているんですよ。実に退屈な本で、あまりにも人畜無害すぎてつまらないんですけどね。それを手本にするつもりはありません。それからもちろん」――女王はそこで首相をじっと見つめた――「伯父のウィンザー公も。『ある王の物語』という、自分の結婚とその後の経験について語った本を出しています。ほかになくても、これだけで充分先例になるんじゃないかしら?」

この点に関して法務長官の助言を受けていた首相は、ほほえみをうかべ、ほとんど弁解するように反論した。「陛下、確かにそのとおりですが、違うのは、エドワード八世はウィンザー公になられてからご自分の本をお書きになったことですよ。退位なさったから書けたんです」

「あら、それを言ってなかったかしら?」と女王は言った。「でも……みなさんにここに集まっていただいたのはどうしてだとお思いになって?」

解説

知的でないことの重要性

新井潤美

イギリスの上流階級にまつわるイメージの一つに、「あまり知的ではない」というものがある。このイメージを広めるのに大きな役割を果たしたのはユーモア作家P・G・ウッドハウス（一八八一～一九七五）であろう。彼の作品のなかでも特に人気があるのは、上流階級の青年バーティ・ウースターがその間抜けさと人の良さのゆえに窮地に陥るのを、彼の従僕のジーヴズがみごとに助け出すさまを描いた、一連の「ジーヴズもの」の小説である。ウースターはジーヴズの頭の良さに常に感銘を受けるが、それだけでなく、ジーヴズの幅広い教養にも驚かされる。ジーヴズはシェイクスピア、トマス・グレイ、ロバート・バーンズといった文学者から自由自在に引用し、余暇には「ためになる本」を読む。一方、ウースターはジーヴズの引用がまったくわからず、「今の文句は気がきいているね。君が考えたのかい?」「いえ、シェイクスピアでございます」といったやりとりが繰り返される。

とはいえ、ウースターがよい教育を受けていないわけではない。彼はイギリスのトップクラスのパブリック・スクール（イギリスではパブリック・スクールはエリート養成のための、私立の中・高等学校を指す）であるイートン校を出て、オックスフォード大学に進んでいる。また、ウースターがこれらの教育施設で落ちこぼれていたわけでもない。彼が受けた教育は紳士養成のためのものであって、知識をつめこむためのものではない。上流階級の紳士にとって、頭があまり良くなくてものを知らないことこそが「美徳」であるというわけである。

英国が本当に世界を制覇していたときに
（あのエリザベス一世の時代だが）
貴族院の面々はまったく縁がなかった、
　優れた知性にも
卓越した学術にも。

これは「サヴォイ・オペラ」と呼ばれる、十九世紀に上演されて現在でもイギリスでひじょうに人気のある、一連のコミック・オペラの一つ、『アイオランテ』(一八八二年初演)の中で、貴族院の面々がみずから歌う歌の一部である。作詞者のW・S・ギルバート(一八三六〜一九一一)が皮肉たっぷりに書き上げた歌詞に、作曲家アーサー・サリヴァン(一八四二〜一九〇〇)の甘美な曲がつけられたこの歌は、たいそうな人気を博した。

上流階級が知性や学問と縁がないというイメージは一つには、彼らが「土地で暮らす人々」であることから生じている。田舎に広大な土地と屋敷を持ち、その管理に忙しく、暇があれば狩猟にあけくれる。彼らは戸外の自然の中で暮らす人々であり、部屋にこもって本を読む時間などないのである(もちろん例外はある。たとえば本書に出てくる、「ジェイン・オースティンについて本を書いた」貴族の息子デイヴィッド・セシル卿は、幼い頃から体が弱くて家にとじこもり、本ばかり読んでいた)。

イメージだけではない。本書にも登場する、貴族の娘ナンシー・ミットフォードの自伝的小説『愛の追跡』に出てくるオルコンリー卿は、まさにそのような人物であり、彼はミットフォード自身の父親がモデルである。ある日卿は、妻と娘に誘われて、めずらしくシェイクスピアの芝居を見に行く。出し物は『ロミオとジュリエット』だったが、この芝居見物は成功したとはいえなかった。

〔オルコンリー卿は〕大いに涙を流し、結末が良くないと言って怒りまくった。家に帰る途中にずっと、目の涙をぬぐいながら「あの馬鹿な神父のせいだ」と息巻いていた。「あいつ、なんていったっけ、ロミオか。あいつも、カトリック教徒なんかにまかせておいたらろくなことにならないって分かってもいいだろうに。あの大間抜けな乳母もそうだ。おおかたあいつもカトリックなんだろう、あのくそ婆め」（拙訳）

文学作品とはほとんど縁のないオルコンリー卿は、たまに「名作」に接すると、このようにじつにナイーヴに、そして率直に反応する。後に卿の娘の一人リンダが、ミドル・クラスの銀行家の息子のトニー・クレーシグと結婚する。トニーの両親が「教養のある」人々で、ディナーの席で、シェイクスピアの『ハムレット』が話題になると、この作品を熟知していることをひけらかそうとして「それは私が抱いているオフィーリアのイメージとは違う」とか、「しかしポローニアスは老人という設定になっていたはずだが」といったコメントを口にする。自分達の教養を他人に見せようとする彼らの態度は、オルコンリー卿のナイーヴさとは違った、じつに「ミドル・クラス的」なものとしてミットフォードによって描かれているのである。

『やんごとなき読者』でエリザベス女王が読書の魅力にめざめていくさまは、オルコンリー卿のこのナイーヴで素直な反応そのままである。（原題 *The Uncommon Reader* は、ヴァージニア・ウルフによる文学評論集の題名 *The Common Reader* をもじったものだが、**common** には「一般的」という意味の他に、特にイギリスでは「庶民的、品の無い」という意味もある。）ミットフォードの『愛の追求』は女王にとってたいへん身近な世界を扱ったものであり、そのおかげで女王は他の本をも読む気になっていく。彼女は一度手にした本は、礼儀上、途中で放り出したりはせず、薦められるままに、なんの予備知識ももたずに作品に接していく。「女王にとってすべての本は等価であり、臣民に対するときのように、偏見をもたずに接する義務を感じたのである。彼女にとって、いわゆるためになる本などというものは存在しなかった。本の世界は未知の国であり、少なくとも最初のうちは、どの本も分け隔てなく読んでいた」

このように「無差別に」さまざまな本に読みふける女王の感想や反応は面白い。たとえばある日のお茶の時間にヘンリー・ジェイムズを読んでいた女王は、つい「さっさと先に行きなさいよ」と口に出して言ってしまい、部屋で後片付けをしていたメイドが、自分が言われたのだと勘違いして部屋からとびだしていく。ジェイムズのあのもってまわった、なかなか先に進まない文体を一度でも読んだ者ならば、女王が「先に行きなさい」と促したくなるのも、あるいは「叱りつけてやりたくなる」のも、じつに共感できるのである（じっさい、ヘンリー・ジェイムズはこの特徴的な文体によって、イギリスでもっとも頻繁にパロディの対象にされる作家の一人となっている）。

また、フランスの大統領からプルーストについて教えられた女王は、彼が悲惨な生涯をおくったことに同情しつつ、「喘息に苦しんでいたらしくて、『もう、しっかりしなさいよ』と言いたくなってしまう人なの。もっとも文学の世界にはそうした人がいっぱいいるけれど」と、ドライで実際的な感想を抱く。内向的で、自分の感受性を大事にして、内面のことをくどくどと書くような作家は特に、先に挙げたオルコンリー卿をはじめとするイギリスの上流階級が、「しっかりしろ」と苛立つ相手なのである。

このように「知的ではない」ことがイギリスの上流階級の「美徳」の一つである

と、上流階級を手本として、イギリス全体がめざす「美徳」ともみなされるようになる。じっさい、「知的ではない」のは上流階級だけではなく「イギリス人」の特徴として描かれることも多い。「頭が良い」(clever)という言葉が必ずしも褒め言葉ではないのはイギリスにおいてだけであろうと言われているが、これは「知的」(intellectual)にもあてはまることである。イギリスの著名な漫画家ポントによる「イギリス人の特質」というシリーズ(一九三〇年代)があるが、その中に「知的でないことの重要性」という作品がある。パーティのシーンで、無精ひげをはやし妙にひたいの広い、ドイツ人風の男性が、ネクタイをせずにジャケットを着て立っているのを、まわりの客は遠巻きにして近寄らない。「知的な人物」はイギリス的ではないのである。

女王の読書が、周囲の人々を不安にさせる理由もそこにある。彼女の個人秘書でニュージーランド人のサー・ケヴィン・スキャチャードは、女王の読書は人を「排除する」ものであると抗議し、最初に読書の喜びを教えた使用人の少年、ノーマンを女王から遠ざけてしまう。サー・ケヴィンをはじめとする、女王のまわりの人々がここまで女王の読書に反対し、拒否反応を示すのもそれが「非イギリス的」な習慣だからなのである。しかし実はエリザベス女王も、今は亡き妹のマーガレット王女も、子どもの頃から読書の習慣を身につけていたことは、二人の家庭教師をしていたマリオン・クロフォードの著書『王女物語』（一九五〇年）からも明らかである。クロフォードは、王女たちがおもちゃの馬の時期を過ぎると、本や図書券を贈られていたと書いている。特に母親からはロバート・ルイス・スティーヴンスン、ジェイン・オースティン、キップリングなどの「古典」をすべて与えられていたそうだ。（クロフォードは愛情と感謝の念でこの回顧録を書いたのだが、王室からは「裏切り者」と見なされ、出版後は完全に縁を切られたという。）クロフォードのこの本は二〇〇二年に再版されたが、エリザベス女王が読書をするイメージはやはりあまり一般的なものではない。

イギリスの女王や王室はこれまで何度も喜劇や風刺の題材とされてきた。そしてそのたびに繰り返される彼らのイメージは、彼らが「知的ではない」、「物事を深く考えない」、「本を読まない」といったものであり続ける。そして王室のものとされるこれらの特徴は、じつはそのまま、多くのイギリス人が自分達の特徴として自虐的に抱いているイメージでもあるのだ。

「知的でない人」が本を読む喜びを発見し、読んだものに対して素朴に、率直に、反応していくさまを描いたところにこの本の魅力がある。とはいえ、これはイギリス人ならではの「素朴」さで、彼らの地に足のついた実際主義的思考、そしてシニシズムの前ではプルーストの大作も、「ケーキを紅茶に浸すと（下品な習慣ね）、過ぎ去った人生のすべてが蘇ってくる」んですって、と片付けられる。

いまどきの日本の大学生は本を読まないと言われる。しかしベネットのエリザベス女王と同じく、そういう学生も何かがきっかけで、読書の喜びをみいだすこともあり、そのときには女王同様のナイーヴさと素朴な反応を見せることも少なくない。とは言え、日本の読者のナイーヴさはもう少し「素直」である。彼らはヘンリー・ジェイムズの文体に辟易しても、それを自分の理解力の欠如のせいだと考えて、ジェイムズをなじることはしないだろうし、プルーストのマドレーヌには素直に共感する。日本の読者がベネットのいかにも「イギリス的な」読書をどう受け止めるか、きわめて興味深いものである。

（東京大学教授）

訳者あとがき

本書は現代イギリスを代表する劇作家のひとりアラン・ベネットが女王エリザベス二世を主人公に書きあげた中編小説 *The Uncommon Reader* (Faber and Faber / Profile Books, 2007) の全訳である。二〇〇七年に『ロンドン・レヴュー・オブ・ブックス』で発表されたあと、書籍化されたものである。

皮肉なユーモアとウィットたっぷりの、この実に魅力的な「読書小説」は、二〇〇七年秋に刊行されるや、『タイムズ』、『サンデー・タイムズ』、『オブザーヴァー』、『ニューヨーク・タイムズ』他各紙で絶賛を博し、英米両国でベストセラー入りした。二〇〇九年に白水社から刊行された邦訳単行本も、驚くほど多くの新聞雑誌の書評に取りあげられ、数多の本好きの心をつかんで、増刷を重ねてロングセラーとなった。

エリザベス女王がもし読書に夢中になったら……という仮定に基づく架空の話であるが、何よりもまずこのアイデアと意外性に満ちた物語展開がなんとも面白い（ちなみに現実のエリザベス女王は頭のよい人だといわれているが、いわゆる読書家タイプではないようだ）。フランスの大統領との晩餐会で、女王がいきなり同性愛の囚人作家ジャン・ジュネについて質問し、大統領を困惑させるという冒頭の場面にせよ、女王と移動図書館との出会いにせよ、現実にはまずありえない光景だが、それだけに読者は意表を衝かれ、くすくす笑いながら、たちまち物語のなかに引きこまれる。

バッキンガム宮殿の裏庭に停まっていた移動図書館の車に飼い犬（もちろんコーギー）が吠えかかるのを見て、車内に足を踏み入れた女王は、宮殿の厨房で働く本好きの少年ノーマンと出会う。このとき義務感から一冊の本を借りたのがきっかけとなって、しだいに読書の喜びに目覚め、公務をなおざりにするほど読書に熱中するようになる。しかし、個人秘書や侍従といった王室周辺の人々は、彼女の読書熱を快く思わない。やがて、大量の本を読むなかで、読者としても、人間としても大きく成長した女王は、みずから文章を書くようになり、ついには驚くべき決断をする……。

これはイギリスの人間と社会、政治に対する痛烈な諷刺に満ちた上質なコメディであり、思わず吹き出したり、にやりとさせられたりする箇所が随所にある。諷刺というものの性質上、イギリスの事情に詳しくない他国の人間にはそのおかしさがよくわからない部分もあるかもしれないが、それを差し引いても残る普遍的なユーモアやペーソスがあって、文句なく楽しめる。

だが、この作品の魅力は軽いコメディの部分にあるだけではない。いささか毒気のあるユーモアで読者を大いに笑わせつつも、それと同時に、ひとりの人間が――それも七十代後半の女王が――読書によって徐々に変わってゆく（人間的に成長してゆく）過程を丁寧に描き、読むことと書くことの本質を深く鋭く考察しているところに読みごたえがある。女王であるがゆえの孤独と周囲の無理解のなかで、彼女はひとり真剣に読書し、思索に耽り、その思索をノートに綴り、内面を深めてゆく。その姿は、笑いよりもむしろ共感を呼び起こし、読む者をほとんど厳粛な気持ちにさせる。晩学であることを自覚し、遅れを取り戻さなければという切迫感に追われながら、次から次へと本を読みつづけるうちに、女王は知的な面で向上したばかりでなく、以前よりも他人の気持ちを理解できるようになっている自分に気づく。それはまさしく読書がもたらした効果であった。『オブザーヴァー』紙の書評にあるように、「『やんごとなき読者』はすばらしく楽しい物語だが、それだけではない。人生を変え、視野を広げ、他人の身になって考えさせ、育ちや階級や教育の束縛から人を解放する読書の力の大真面目な宣言でもある」。とりわけ本好きの読者は、「本を読むことの意味」をめぐる女王の台詞や思索の数々にうなずく部分が多いだろう。

『ニューヨーク・タイムズ』のミチコ・カクタニは、本書について、「ベネット氏は魅惑的なおとぎ話を書きあげた。グレゴリー・ペックとオードリー・ヘップバーンの映画『ローマの休日』のようにチャーミングで、数々の賞を受賞したスティーヴン・フリアーズ監督の映画『クィーン』のように鋭い観察が光る物語である」と評している。ヘレン・ミレンがエリザベス女王を演じてアカデミー賞主演女優賞を受賞した『クィーン』もやはり、女王とその周辺の人々をイギリス風の皮肉とユーモアを交えて描いた映画だったが、諷刺を効かせつつも根底に女王への敬愛が感じられる作品になっているあたり、本書とも共通するものがある。

ヴァージニア・ウルフはジョンソン博士の「グレイ伝」の一節から "the common

reader.”（一般読者）という言葉を引き、みずからの文学評論集の題名にしたが、一般人ならざる読者を主人公にしたこの小説のタイトル（The Uncommon Reader）は、これをふまえたもじりである。

アラン・ベネットはイギリスの劇作家、脚本家、俳優である。一九三四年にヨークシャーのリーズに生まれ、オックスフォード大学に学んだ。一九六〇年、仲間と脚本を書き、出演した諷刺的レヴュー『ビヨンド・ザ・フリンジ』（*Beyond the Fringe*）が大当たりして以来、数多くの演劇、テレビ、ラジオ、映画用の脚本を執筆してきた。テレビ・シリーズ『トーキング・ヘッズ』（*Talking Heads*, 1987）のほか、演劇作品では『四十年後』（*Forty Years On*, 1968）、『ジョージ三世の狂気』（*The Madness of George III*, 1991）、『ポンコツ車のレディ』（*The Lady in the Van*, 1999）、ケネス・グレアム原作『ウィンド・イン・ザ・ウィロー』の脚色などで知られる。代表作『ヒストリー・ボーイズ』（*The History Boys*, 2004）は二〇〇六年にブロードウェイに進出し、トニー賞六部門を受賞。その他ローレンス・オリヴィエ賞など受賞多数。その後も、『ハビット・オブ・アート』（*The Habit of Art*, 2009）、『ピープル』（*People*,

2012)、『ハレルヤ!』(*Allelujah!*, 2018) などが上演されている。諷刺的でありながら温かみもある、きわめてイギリス的なコメディを得意とし、イギリスでは知名度、人気ともにきわめて高い。一九九五年にブリティッシュ・ブック・オブ・ザ・イヤーを受賞した『家への便り』(*Writing Home*, 1994) や『語られざる話』(*Untold Stories*, 2005) などの自伝的エッセイ、中・短編小説も発表している。

劇作家ということもあって、本書以外にベネットの作品が正式に邦訳出版されたことはないようだが、彼が脚本を手がけたミュージカル『ウィンド・イン・ザ・ウィロー』は日本でもたびたび上演されているし、ベネット原作・脚本の演劇『ポンコツ車のレディ』は二〇〇一年に、『ヒストリー・ボーイズ』は二〇一四年に日本で翻訳上演された。

また、『ジョージ三世の狂気』、『ヒストリー・ボーイズ』、『ポンコツ車のレディ』はいずれもニコラス・ハイトナー監督で映画化され、それぞれ『英国万歳!』、『ヒストリーボーイズ』、『ミス・シェパードをお手本に』という邦題で公開されたので、ごらんになった方も多いかもしれない。

ちなみにアラン・ベネット本人が『やんごとなき読者』を朗読したCDがBBCオ

ーディオブックスから出ており、これがえもいわれずおかしいので、興味のある方はぜひ聞いてみていただきたい。

最後になったが、この魅力的な小さな本をこうしてかたちにすることができたのは、白水社の糟谷泰子さんのおかげである。今回の白水Uブックス化に際しても、大変お世話になった。記して厚く感謝したい。この小説の理解がいっそう深まる解説を書いてくださった新井潤美さんにもお礼を申しあげる。

なお、Uブックス化にあたり、訳文の一部を手直しし、あとがきにも修正を加えたことをお断りしておく。

二〇二一年六月

市川恵里

著者紹介
1934年、イギリスのリーズに生まれ、オックスフォード大学で学ぶ。劇作家、脚本家、俳優、小説家。数多くの演劇、テレビ、ラジオ、映画の脚本を執筆し、2006年には『ヒストリーボーイズ』でローレンス・オリヴィエ賞、トニー賞受賞、同年のBritish Book AwardsでAuthor of the Yearに選ばれた。他受賞多数。風刺的でありながら温かみもあるコメディを得意とする。小説はこれが本邦初訳。

訳者略歴
翻訳者。早稲田大学第一文学部英文学専修卒業。訳書に、A・ナフィーシー『テヘランでロリータを読む』（白水社）、J・マーサー『シェイクスピア&カンパニー書店の優しき日々』、D・ライアン『古代エジプト人の24時間』（以上、河出書房新社）など。

本書は2009年に単行本として小社より刊行された。

白水uブックス　236

やんごとなき読者

著　者　アラン・ベネット
訳者©　市川恵里
発行者　及川直志
発行所　株式会社白水社
東京都千代田区神田小川町3-24
振替　00190-5-33228　〒101-0052
電話（03）3291-7811（営業部）
（03）3291-7821（編集部）
www.hakusuisha.co.jp

2021年9月10日　第1刷発行
2022年10月25日　第2刷発行
本文印刷　株式会社精興社
表紙印刷　クリエイティブ弥那
製　本　加瀬製本
Printed in Japan

ISBN978-4-560-07236-3

乱丁・落丁本は送料小社負担にてお取り替えいたします。

■トーマス・C・フォスター 著／矢倉尚子 訳

大学教授のように小説を読む方法［増補新版］

キリスト教の象徴、性的暗喩、天気や病気の使い方……。小説の筋を楽しむだけでなく、一歩踏み込んで読み解くための二七のヒント。